虐げられた姫は戦利品として娶られたはずが、帝国のコワモテ皇弟将軍に溺愛され新妻になりました

竹輪

✦

Illustration

なま

虐げられた姫は戦利品として娶られたはずが、帝国のコワモテ皇弟将軍に溺愛され新妻になりました

contents

第一章　厄災姫はコワモテ将軍に出会う

大運河を持つポーツ国はその日、ワアワアと城中が活気のある声で溢（あふ）れていた。

城の使用人たちも浮き足だっていて、いつもよりも声のトーンが高い。

その理由を知りながらも、部屋から窓の外を眺めている私の心は複雑だった。

今日は第一王女のアルカ姫の誕生日。みんなその祝いの準備に追われている。それは城の中だけにとどまらず、城下でもお祭りが開催されている。

実は第二王女である私も今日が誕生日である。

まったく同じ日に生まれたけれどアルカ姫と私は双子ではない。アルカ姫は正妃の第一王女であり、私は側妃（そくひ）の産んだ第二王女であった。

もともと正妃は側妃だった母のことを嫌っていて、同じ日に生まれた私は顔も見たくないというレベルである。

そして私の母は私を産んで亡くなっている。

小さいころから差別されて育ったが、なにか一つでもアルカ姫より秀でていようものなら恐ろしい制裁が待っていた。

勉強も歌もダンスも作法も。なに一つアルカ姫より先に、上手（うま）くできてはいけない。

小さい頃はそれがわからなくて覚えたての挨拶をパーティで披露してしまい、王妃にヒールで足を踏まれて骨折したことがあった。

王妃曰く、よろけてしまったところに偶々私の足があったそうだ。

そんな痛い目にあってから私はできないふりをすることにした。

ずっと面倒をみてくれていた侍女のエルダが泣きながらそうした方がいいと諭してくれたのだ。

そうやって身を守ることしかできなかった。

三年前にエルダも国に帰されていなくなった今、実は私が七か国の外国語の読み書きもできて、城の図書を片っ端から読んでいると知る人はいない。

家庭教師も私と比較してアルカ姫を褒めたたえ、私の授業ではうたた寝をする者すらいた。

なにを教えてもいっこうに覚える様子がないのだからそれも仕方がない。

おかげで私の評価は下がりに下がり、使用人からもバカにされる始末だった。

特にエルダがいなくなってからは、王妃が私の世話をする侍女もつけてくれなかったし、熱を出した時も放っておかれた。

「どうせ今日も誰も私のことなんて構わないわ。湖に行こう」

私のことを常に下に見て育ったアルカ姫は、私より優位であると信じて疑わない。そして何事も自分の思い通りになると思っている。

彼女を見ていると世界が彼女のために作られているように錯覚する。

王妃も周りもアルカ姫の要望はほとんど叶えていたのだし、当然と言えば当然のことだ。

ポーツ国王は贅沢が好きで、パーティをしたり、催しを開催するのが好きだ。

こうやって王女の誕生日を祝うのもそうだし、毎年大きなチェスの大会も行われていた。

ポーツ国と言えばチェス、と言われるほどの大会で、その期間は国中あげての騒ぎになる。

チェスのルールさえあやふやだと装っていた私は出場すらしたことはないが、淑女の部の優勝者はいつもアルカ姫であった。

彼女に勝ってしまえば翌年から出場できないことがわかっているのでわざとみんな負けているのだ。

知らないのは本人のみで、練習台だった私も相手をさせられたが自動的に勝たせてもらっているとはつゆとも思っていない様子だった。

そんなふうになにもできない私に周りはどんどん無関心になっていった。

だから私は時々城を出て城下を探索した。と、いってもさすがに遠くには行けないのでせいぜい街の一角を眺めるくらいで、あとはたいてい湖のほとりにいた。

そこは私のお気に入りの場所で、こっそりと本を読むにはうってつけだった。

キョロキョロと外を確かめて廊下に出て城から抜け出した。

使用人たちはみんな誕生日パーティの準備に忙しく、私には目もくれなかった。

湖に着くと私は隠し持ってきた手紙を広げた。

『お誕生日おめでとうございます。ミーナ姫様。今年は『ミーナ』の花の種を贈ります。日当たりの良いところに植えてたっぷりと水をやってください』

今朝使用人の一人が私に手紙を届けてくれた。私宛にすると届かないので、使用人宛にエルダが手紙を送ってくれたのだ。

『ミーナ』の花というのは母の出身ルクエル国ではポピュラーな薄紅色の花で、私の名前の由来だとエルダが教えてくれた。

きっと見つからないように私に渡せるプレゼントを考えて、花の種を手紙に入れて送ってくれたのだろう。

エルダはもともと母がポーツ国に嫁ぐときに一緒に国からついてきた侍女だった。

けれど、王妃からすると憎い私の侍女も憎く、彼女が歳高（としだか）（といっても四十代である）であることを理由に三年前に国に帰してしまった。

王妃はどうにか私を苦しめたくて仕方がないのだ。

さらに私に侍女がつかないのには理由がある。

私の右肩に手形のような痣（あざ）があるからだ。これは厄災を招く悪魔の手形なのだという。

広く『悪魔に肩を掴（つか）まれたものは厄災を招く』という言い伝えがあり、私の痣は王家の間の秘密となっていた。

大事な式典の日に雨が降ったら。

アルカ姫が熱を出したら。

どこかで火事が起きたら。

なにかが壊れたら。

それは厄災を引き起こす痣のせい。

なにか不幸なことが起きるたびに王妃は私を責め立てた。

王妃には母の命を奪って生まれたことがその証拠だと言われている。

処分されなかっただけ幸運だったのかもしれない。

「この母殺しめ」

王妃と顔を見合わせると言われる呪いの言葉。

父である王も母の命と引き換えになった私に嫌悪があるようだった。

私は自分の誕生日を祝えない。母の命を奪ってしまった日でもあるのだから。

今年の誕生日はいつになく派手に祝われる。アルカ姫は十八歳。成人するのである。

そのため花火も打ち上がるそうだ。

「十八歳か……」

成人したら私は隣の国の王弟の後妻になることが決まっていた。

あまりいい噂も聞かない上に五十三歳という高齢である。

隣の国で厄介者の彼に厄災の姫を与えればちょうどいいと秘密裏に約束がしてあるようだ。

十三歳の時に候補に挙がっただけでもエルダが発狂していたのに、結局そのまま今も私の婚約者である。当然私は拒否できない。

「どんなところへ嫁いでも、ここよりはマシかな」

どうにかそう思いたかったけれど、彼は金遣いが荒く、女癖も悪いらしい。

最近は太ってトイレにも一人で行けないと聞いていた。

少し想像するだけでも結婚生活は地獄だろう。

ポーツ国を出てから逃げるなら……どのみち運河を越えてからでないと足取りがすぐに掴まれてしまう。

結婚という名目が一番この国から出るのに都合がいい。

ひとまず結婚してポーツ国を出るのが得策だ。

大丈夫、私ならできる。そのために乗馬も隠れて覚えたし、本だってたくさん読んだ。

ちょっとした知識はあるつもりだ。

ほどなくして祭りの開始を合図する花火が派手に打ち上がった。

ドン、ドドン。

湖の水面が花火の音でびりびりと揺れている。

本でも読もうかと手紙をしまうと、またけたたましい音が聞こえてきた。

ドドン、ドドドン。

パラパラパラ……。

「いつになく派手だわ」

そう思っていると向こうから蹄(ひづめ)の音が聞こえてきた。

見ると馬がものすごい勢いで走ってくる。

あ、と言う間もなく馬はそのまま湖に落ちてしまった。

ヒヒーン！

ザッパアアアッ。

馬の嘶きと共に大量の水しぶきが飛んでくる。

それが落ち着くとずぶ濡れになった馬がなにが起きたのかわかっていないのかキョトンとして立っていた。

「ふふ。花火の音に驚いたのね。大丈夫よ。もう夜まで花火は打ち上がらないから。次は怖くないように耳栓をしてもらうのよ」

諭すように言うと馬はじっと私を見てからそろそろと近寄ってきた。

私は浅瀬に馬を誘導して岸に上げてやった。

ブルブルと馬が水滴を散らすのを待って手綱を取る。

人慣れしていて私がすることにすんなり従ってくれたので木に結んだ。

きれいな毛並みなので大事にされているのだろう。

きっと飼い主が探しているに違いない。

それにしてもずぶ濡れになってしまった。

キョロキョロとあたりを見回して誰もいないことを確認すると私はドレスを脱いで水を絞った。

さすがに裸でドレスを木の上に干しておくことはできないので、濡れたそれをまた着る。

お天気で良かった。

きっと完全に乾かなくとも、数時間経ったら城に帰れるくらいにはなるだろう。

そう思って日当たりのいいところへ移動しようとするとガサリと茂みから音がした。

「ひいっ」

驚いて肩を揺らすと、そこから長身の男性が出てきた。ずいぶん体格がいい。

「すまない、驚かせるつもりはなかった。馬を捜してきたんだ」

彼は祭りの面をしていて目元を隠している。金髪で長い髪を後ろ手に一つにまとめていた。体が大きくて少し怖いけれどとてもいい声だった。

「う、馬ならそちらに」

そう言うと彼は私の方をジロジロと見てきた。

私は厄災の痣が映って見えていたのかと気が気でなくて右肩を抑えた。

「馬も、君も濡れているようだが……」

「花火の音に驚いて走ってきたのでしょう。湖に落ちてしまったのです」

「ここに繋いでくれたのは君か?」

「そ、そうです。あの……く、くしゅんっ」

「すまない、気が利かなかった。少し待っていてくれ」

彼はそう言ってどこかに消えて行った。

「今のうちに帰ろう」

待つ約束をしたわけではない。面倒ごとにならないうちにさっさと立ち去ろうとしていると、すぐに彼は戻ってきてしまった。

「これを使ってくれ」

そうして手渡してくれたのは大きなタオルだった。

見知らぬ人のタオルを借りるのは気が引けたけれど、それ以上近づいてこられるのが怖かったので私は素直に受け取った。

ふわり、と落ち着く香りが鼻をくすぐった。

「ありがとうございます」

「いや、こちらこそ礼を言わねばならん」

「飼い主がすぐに見つかってよかったです」

好意に甘えて使ってしまったが、感触でタオルが高級なものとわかる。さっと使ってすぐに返そうと思い、畳もうとするとその手を止められた。

「よかったらそのまま貰(もら)ってくれ。こちらの不手際で馬が走って行ってしまったのだから。ドレスも弁償する」

「そんな、このタオルだけで十分です。この天気ならすぐに乾きます」

「もっと髪もちゃんと拭かないと」

「あ、あの、やめてください」

彼がタオルを使って私の頭をガシガシと拭きだして慌てる。こんなこと、男性にされるなんて！

「いくら天気が良くても乾かないだろう。すぐに街でドレスを買おう。幸いここからならすぐだ。馬はここにしばらく繋げておけばいい」

「け、結構です。のんびり乾かしますから……」

「風邪をひくだろう？　私の馬が迷惑をかけたのだから、責任を取る。それに濡れた人を放っておくほど薄情でもない」

本当にどうか立ち去ってほしかった。

けれども責任感が強いのか彼は一歩も引かなかった。

押し問答するよりさっさとドレスを弁償してもらった方が早いかもしれない、そう考えて私は彼について行くことにした。

街に着くといたるところでイベントが始まっているようだった。

これなら私を知っている人に出会うことはないだろうと思ったが、彼はすぐに自分と揃いの仮面を買ってくれた。

「これをしているといい。顔がわからなくなるから」

「はい……」

きっと濡れている私が恥ずかしがっていると思ったのだろう。

「しかし、ポーツ国は帝国に睨まれて一触即発の状態だと聞くのにずいぶん呑気なのだな」

彼は世情に詳しいのか、お祭り騒ぎを見てぽつりと言った。

ポーツ国は国内に大きな運河を持ち、そこを渡ると諸外国により早くたどり着く位置にある。そのために関税と交通料を取って国が潤っていた。

数年前から近隣諸国は勢いのあるハルレーニア帝国の傘下に入っていたがポーツ国はそれを拒否している。

だがポーツ国は関税や通行料が各国によって違いがあることが以前より問題視されており、帝国はそれに対して統一化を求めた。

しかし欲深い王は「それならば」とさらに高値にして料金を統一。怒った帝国は通行料を下げるよう何度も忠告することになった。

のらりくらりと躱(かわ)してきたそれも限界に近付いているとピリピリとした空気の中、今年のアルカ姫の誕生日を祝う式典が行われていた。

再三帝国からの忠告を受け流しているのだ。このままで済むとは思えない。

戦争が起きなければいいけれど、と心の中で思った。

「この店でもいいか？」

聞かれて顔を上げると街で一番大きなブティックだ。こんなちゃんとした店でなくてもいいのに。

けれど聞いてきた彼はもう店に入ってしまっていた。

強引な人なのかもしれない。

「いらっしゃいませ」

「彼女にすぐ着せられるドレスが欲しい」

「生憎(あいにく)今日は祭りで人手が少なくなっています。簡単なサイズ直ししかできませんがよろしいでしょうか」

「かまわん。この辺りが妥当か……」

「そうですね。お嬢様ですと、明るい色が」

「あの、ちょっと、待ってください」

店に入ると彼が吟味しようとするので慌てて声を上げた。

「どうした？　気に入らないか？」

「いえ、困ります。こちらの服で十分です」

私が近くのシンプルなドレスを差すと店員がポカンとしてこちらを見ていた。

「そちらは比較的リーズナブルな……」

「派手なものは困ります！　それなら今着ているので十分ですから」

私がそう言い切ると彼は手に取っていた高級そうなドレスから手を離した。

「遠慮しなくてもいい」

「遠慮じゃありません」

「……まあ、それでいいなら」

彼は不服そうだったがすぐに会計を済ませてくれた。あんな豪華なドレスで城に戻ったら抜け出したのがバレてしまう。

私はすぐに着替えてお礼を言って別れようとした。

「ありがとうございました。では……」

しかし彼は街の様子を見てこんなことを言い出した。

「せっかくだから少し遊ぼうじゃないか」

「えっ……」

「少しだけ付き合ってくれ。知り合いもいないし、女性と一緒の方が動きやすい。そう思ったら君の服装は地味でちょうどいい」

少し不思議な物言いに引っかかったけれど、結局強引に連れられてしまった。

いつも見ているだけで参加したことのないお祭りに正直ワクワクしていた。

少しくらい楽しんでも、いいよね。隣国に嫁いだらもう帰ってこないのだもの。

「そういえば、名前を知らなかった。私はディルだ。君は？」

「わ、私は……その、ええと、ミ、ミミです」

「ふふ」

笑うディルに首をかしげる。

「なにか面白かったですか？」

「あ、いや、名前まで可愛（かわい）いのだなって」

その言葉に私は頬（ほお）が熱くなった。急に、なにを言い出すのだろう。

「君は見事な銀髪なのだな。ポーツ国に銀髪が多いとは聞いていたが」

「そうですね、ポーツ国では珍しくない髪色です」

「銀の髪は水の神様に愛されるという。君は可愛いし、モテるのではないか？」

「も……モテるなんて滅相もないです」

恥ずかしくなって下を向いているとディルの声が弾んだ。

「ミミ、あれをやろう！」

彼の視線の先には穴を開けて点数が描いてあるボードがあった。

「点数を多くとれたら景品が貰えますよ」

店主の女の人が説明してくれて、見ると棚に猫のぬいぐるみが並べてあった。

ディルがやるのを見ていようと思ったけれど、彼は私の分のお金も払ってしまった。

それなら、とぬいぐるみを狙って私も気合を入れた。

「えいっ」

ゲームは簡単。線の内側に立ってボールをボードの穴に投げ入れられたら点数が入るのだ。

ゴトン……。

「ああ……」

けれども私の投げたボールは一つも穴の中に入らなかった。

しょんぼりしているとディルが次に投げた。

ガコン。

ガコン。

「お兄さん、上手ですね」

ボールが吸い込まれるように高得点の穴に入っていく。店主も驚いてそれを見ていた。

すごい。

全てボールを投げ終わると簡単にディルは一番大きな猫のぬいぐるみを取ってしまった。

上手な人もいるのだなぁ、と羨ましく眺めていると、ぬいぐるみを私の方に差し出した。

「……よかったですね？」

褒めてほしかったのかと思ったら、私の反応を見てディルはまた笑った。

「ミミがほしそうに見ていたから頑張ったんだぞ。猫が好きか？」

「え？　可愛いと思いますが……」

「私が持っているのはおかしいだろう？」

そう言ってディルはぬいぐるみを私に押し付けた。

「くれるのですか？」

「貰ってくれないと困る」

「ありがとうございます」

思いがけないことに驚いた。ドレスはお詫(わ)びであったとしても、これはプレゼントだ。

彼はそんなつもりはなかっただろうけれど、それはエルダ以外の人からもらった初めての誕生日プレゼントである。

私はぬいぐるみをぎゅっと胸で抱きしめた。

「そんなに喜ぶほどのものでもないと思うが……」

「実は今日誕生日だったんです」

「そうだったのか」

「だから……嬉(うれ)しいです」

「それなら記念になるものをなにかプレゼントさせてくれ」

「いいえ。これで十分です」

「ミミはずいぶん慎ましいのだな」

ディルはそう言ってくれたが、なにか欲しくて告白したのではない。

猫のぬいぐるみだけでも十分で、なにより特別感がある。

それからもやたら高そうな装飾品を勧められたが私は笑って断った。

「そんなに言うなら、串焼きを買ってください」

「串焼き……」

屋台で串焼きを買ってもらって、食べる。

誰かとこんなふうに食べるのが楽しいだなんて思ってもみなかった。

「おいしいですね」

「ああ。あっちのリンゴはどうだ？」

「でもさっき飴玉を買ってもらったばかりで」

「ミミの食べっぷりがいいから買ってやりたいんだ」

「んぐ……は、はしたなかったでしょうか」

「いや……食べ方は非常に上品だと思う」

串焼きの上品な食べ方って……とおかしくなったけれど、それはこちらも思っていたことだった。

ディルも食べっぷりはいいが、その仕草はきれいだった。

服装は商人風だけれど……貴族の出かもしれない。

「さあ、あの投げ輪のゲームもしてみよう」

「今度は負けません」

楽しくなって子供たちに交じってゲームをした。

やっぱりなにをしてもディルは上手くて、そこでもお菓子の景品を取って私にくれた。

一方私は……自分がこんなにゲームに向いていないとは思ってもみなかった。

「もう少し右を狙うといい。あっちに飛ばすように手を伸ばして投げてみろ」

アドバイスをもらって真剣に棒を狙う。

輪っかが私の手から離れると、ようやく一つだけ棒にかかることができた。

「はい、お嬢ちゃん、ここから選んでね」

一つ輪が入った景品に店のおじさんに麻で編んだミサンガをもらうと、それをひょいとディルに奪われた。

「猫のぬいぐるみは私があげたのだから、これはミミが私にプレゼントしてくれ」

「どうぞ……といってもディルがお金を払ってくれたものですよ？」

そんなものでいいのだろうか、と悪い気がして私は耳につけていたピアスを片方外した。

ひっかける部分の金具をミサンガに挿（さ）してから力を入れて丸めると、ペンダントトップのようにミサンガにくっついた。

あまり高価なものではないけれど、エルダがくれた母のピアスだから悪いものではないだろう。

「大切なものではないのか？」

「このくらいしかお返しできなくて」

「それは気にしなくていいが……ありがとう」

一通り屋台も回って祭りも楽しめた。馬を待たせているし、そろそろ湖に戻らないといけないことはわかっていた。

こんなに楽しい誕生日は初めて……。

大きな体のディルだが、仮面の下にある琥珀色(こはくいろ)の目が優しい。もう少し一緒にいられたら……なんて欲を出したのがいけなかったのか、あんなに晴天だった空から雨が降ってきた。

「雨……」

「急ごうか」

せっかくドレスを買ってもらったのに、また濡れてしまう。

それでも楽しかったのはディルが隣で笑って一緒に走っていたからだと思う。

「天気雨だ。すぐ止(や)むさ」

湖のほとりに戻り、木の下で雨宿りをした。

戻ってきたことに安心したのか馬が嬉しそうにブルブルと鼻を鳴らしていた。

「雨が止んだら、夜も花火が上がります。この子に耳栓をつけてあげてください」

「……ああ。そうしよう」

「あの……楽しかったです。たくさん買ってもらってありがとうございました」

「こちらこそ。ミミ、もう少し一緒に……」

ディルが言いかけて仮面を取ろうとしたので私は慌ててそれを止めた。

「取らないでください。あなたの素性を知ってしまったら、夢でなくなってしまいます」

「夢？」

「はい。こんなに楽しかったのは初めてなんです。けれど、私には婚約者がいます。男の方と祭りを楽しんだなんて知れたら、怒られるだけでは済まないでしょう」

「それは……婚約者を愛しているから？」

「いいえ、顔も見たことのないずいぶん年上の人です。でも義理は通さないと」

「義理……私も義理を通したらミミとまた会えるのか？」

「そんな、それだと私に交際を申し込むことになりますよ？　ご冗談……」

「このまま別れてしまうのは惜しい。出会って数時間だが私はミミが気に入った。なかなか私たちは相性がいいと思わないか？　とても、楽しかったんだ」

「それは……私も楽しかったですけれど」

もしもディルが貴族で私に交際を申し込んでくれても、その要求が通ることはない。

曲りなりにも私は王女で父が決めた嫁ぎ先が変わることはない。

「交際でなくて求婚でいい。必要なら君の婚約者と決闘しよう」

「なにを言い出すのですか」

「そのくらい本気なんだ。ミミは私が嫌か？」

「嫌だなんて……」

そんなふうに思っていたら今こうしていない。

「雨が強くなった」

ディルが私を腕の中に囲った。彼は自分の仮面を取る代わりに私の仮面を片手で外した。

ひらひらと落ちる仮面を目で追っていると顎を優しく上に引かれた。

そこだけ、時間がゆっくりと流れた感覚だった。

大きな雨粒の音が聞こえて、私はぼんやりとディルの顔が近づいてくるのを見ていた。

やがてふわりと唇が重なって、ようやくキスされたのだと理解した時にはディルの唇が離れて行った後だった。

一瞬のことだっただろう。でも、私にはそれはとても長く丁寧に感じた。

「必ず迎えに行く。婚約者のところへは行かないでくれ」

無理なことを言うディルに少し笑って、それでもそれが嬉しかった私はそっと彼のシャツの裾を握った。

あなたは私を迎えにくることはできない。

そう言わなくちゃいけないのに、言えなかった。

もう少しだけ夢を見ていたかった。

十八歳の誕生日は特別で、きっと神様が私に初恋をプレゼントしてくださったのだ。

「ディル様！　心配しましたよ」

その声で、ハッと我に返る。ディルは腕を下ろして振り向いた。

急に降ってきた雨はいつの間にか上がっていて、地面の草がキラキラと光っていた。

向こうからくる人たちがディルを『様』付けで呼んでいる。やはり、貴族なのだろう。

「その方は？」

「ああ、暴走した馬を捕まえてくれたのは彼女なんだ」

「……そうでしたか」

彼らは不審そうに私の方を見ていて、それに気づいたディルが私を庇うように前に立ってくれていた。

「ミミを怖がらせるな」

「ですが……素性が知れないと安心できません」

「ミミ、家名を教えてくれるか？」

ディルに問われるが、それには正直に答えることはできない。

考えた末に私は質問を質問で答えた。

「あなたが教えてくれるなら教えます」

「わたしは身分は明かせない」

「……では私も明かせません」

「こらっ、ディル様になんてことを！」

「騒ぎ立てるな。仕方ないな……まあいい。必ず見つけてみせよう。その時は観念してくれ」

「はい」

ディルの言葉に嬉しくなった。

もう少しだけ、彼を好きでいてもいいようだ。

「ディル様、早く移動しないと……」

「わかった。……ではミミ、また会おう。馬のことは助かったよ。ありがとう」

「こちらこそ、ありがとうございました」

彼はまだなにか言いたそうだったけれど、手を振ってそのまま湖で別れた。

私も城に帰らないと。

ディルにたくさんもらった荷物を抱えていたので見つかったらどうしようと不安だったけれど、城は宴会騒ぎで誰も私に気づかなかった。

自室に戻ると私はもらったお菓子をどこに隠そうと考えて、クローゼットに押し込んだ。

買ってもらったドレスも見つからないようにしておかないと。

全部隠し終えると私は猫のぬいぐるみを抱いてベッドの上に寝ころんだ。

これだけはもうしばらく抱きしめていたかった。

自然と唇に手が伸びる。

初めての感触……意外にやわらかい唇だった。

金色の長い髪。素敵な琥珀色の瞳。

ディルは最後まで仮面を取ることはなかったけれど、きっとかっこいいのだろうと思う。

それに、いい香りがした。

「ああっ」
ゴロゴロとベッドを転がって悶えてしまう。
キス……してしまった。
今日会ったばかりの人と。
「私、キスしちゃった！」
猫のぬいぐるみに告白して、足をばたつかせる。
こんなことってあるのね……。
バレたら一大事だ。
でも初めてのキスくらい好きな人とできてよかったのかもしれない。
ディル……。
どこの貴族だったのだろう……。ちょっと強引だけど、優しくて楽しい人。
きっとあの人と結婚できる人は幸せだろうな。
それが私だったらどんなによかったか……。
そう思うと少し寂しくなった。……詮索するのはやめよう。
一ヵ月もすれば私は隣国に嫁ぐことになるのだから、考えない方がいい。
それに、誕生日を楽しんだだけでも私は十分罪深い。
お母様、ごめんなさい。
そう考え着くと急に頭が冷えた。望んじゃいけない。期待してもどうにもならない。

バンバン……。

夜の花火が打ち上がり始めたのが窓の外に見えた。

あの馬がまた怯（おび）えてなければいいけれど。

そうしてまたディルのことを考えそうになった私は、首を振って思考を停止した。


次の日、朝早く私の部屋に王妃がアルカ姫を連れてやってきた。

「ああ、狭くて汚いわ。厄災の空気も吸いたくないし」

「早く要件を済ませて戻りましょう、お母様」

二人はズカズカと私の部屋に入ってきて辺りを見回すと文句を言った。

少し前に猫のぬいぐるみを隠しておいてよかった。

「とうとうアルカの輿入（こしい）れが決まってね」

「婚約はしているのに結婚しないと心配だって、アルベルトが急（せ）かすの……困ったものよ」

アルカ姫が私を見てにやり、と笑った。

ヨーク侯爵の嫡男であるアルベルトは小さいころ私に優しくしてくれた同じ歳の男の子だった。

その頃はまだパーティの出席が許されていて、誰にも相手にされない私を気づかってよく一緒にいてくれたのだ。

アルカ姫はそれがずっと気に入らなかったようで、ことあるごとにこうやって絡んできた。

途中からパーティの参加も王妃に禁止されたので会えなくなったが、アルベルトはたいそう美男子に成長し、女性に人気があるとアルカ姫本人から聞かされていた。そして彼女の婚約者になったとも。

「それはおめでとうございます」

私がお祝いを述べるとアルカ姫は片眉を上げて面白くなさそうにした。

「アルカが城を出るのだから、厄災であるお前も厄介払いをしたくてね。一か月後に隣国にやるからそのつもりでいなさい」

「引き取ってもらえるだけでも良かったじゃない。ちょーっと最近はお酒が入ると暴力的になるって聞いたけど、お前と結婚しておさまればいいわね。でも痣がバレたらどうなるか」

アルカ姫の顔が歪(ゆが)む。暴力と聞いて私は不安になった。さすがにそれはいただけない。

そんな私の顔を見てアルカ姫が楽しそうにしていた。

「あー私は素敵なアルベルト様に嫁げて幸せだわ。たっぷり嫁入りの仕度もしてもらえるしね。身一つで嫁がないといけない厄災姫とは大違い」

「さあさあ、伝えたのだから戻りましょう。アルカは昨日各方面から頂いたプレゼントを開けて、お礼状をしたためないと」

「ええ。お母様」

私の様子に満足したのか王妃とアルカ姫が部屋を去った。

ドアが閉まると心細くなって、ベッドの後ろから猫のぬいぐるみを引っ張り出した。

「あなたはついてきてくれるのよね」

きっと大丈夫。私はぎゅっとぬいぐるみを抱きしめた。

しかし、それから一週間後、事態は思わぬ方向へと動き出した。

帝国は近隣諸国も巻き込んで、再三の警告を無視したポーツ国の粛清に乗り出したのだ。


「こちらからの指示があるまでは部屋から出るなっ。廊下に出た者は容赦なく始末する」

「うわあああああっ」

「動くなっ！　自ら投降すれば命はとらない！」

「きゃあああああっ」


その日、急な奇襲に城は大騒ぎだった。

あっという間に大勢の帝国の騎士に囲まれ、早々にポーツ国は白旗を上げることになった。

帝国一だと言われるストレンジ将軍がポーツ国の制圧に成功したのだ。

それは綿密に計画されていたようで、ポーツ国が兵を出す暇もないほど早く処理されてしまった。

部屋から出ないよう声がかかっていたので外で何が行われたのかはわからなかった。

けれど、その後王の間に集められた時、すでに王とその重臣たちの姿はなかった。

そこには残った国の重要人物が集められている。

最前列に青ざめる王妃と私の異母兄妹。

いつもふんぞり返っていた大臣たちも脂汗をかいていた。

部屋の隅で静かに話を聞いていると、現王はその地位を退き、国外へ追放。次の王には長男である
ギルバートが就き、妻であったマーガレットとは離婚。

次期国王と帝国側の女性の結婚がポーツ国の再構築の条件のようだ。

王と一緒に甘い汁を吸っていたと思われる貴族は一掃され、これからは帝国側の貴族が内政の補佐につくということだった。

ふと、睨むアルカ姫の視線が気になって、たどってみるとそこにはヨーク侯爵の姿があった。

あの立ち位置で判断しても彼は帝国側についていたのだろう。

ガシャン、ガシャン……。

ざわつく広間がその音で静かになった。

「閣下！」

ドカリと迷いなく玉座に座った大きな男性は甲冑のままの姿だった。

「話は済んだのか？」

甲冑をつけているせいか声がこもって聞こえる。それがまた迫力があった。

「はい。説明は終わりました」

部下が持ってきた水を甲冑の口もとを上げて飲んでいる。

きっとこの人が皇帝の弟であるストレンジ将軍であるに違いなかった。

今回無駄な血を流さずにポーツ国を制圧できたのはこの将軍の手腕であることが大きいのだろう。

緊張が走る室内にストレンジ将軍のカリスマ性が伺える。

威圧感だけで体がブルブルと震え、汗が流れる。

「ここにいる王族を含める貴族に通達する」

ストレンジ将軍が落ち着いたところで部下がまた言葉を続けた。

「ポーツ国から閣下の妻を選び、帝国に連れ帰ることになった。これは決定事項である。三日後にリストアップした娘を集め、見合いの場を設けるので該当する娘は必ず出席するように」

室内がその言葉に静かになった。

これは脅しだ。

王の首もとらず、平和的解決をする代わりにポーツ国から人質を取るというのだろう。

アルカ姫をすぐに指名しないのはポーツ国の力関係を測っているのだ。

誰がリストアップされているのだろうか。

なんとなく私がアルカ姫を見ると、アルカ姫も私を見ていた。

あの将軍に嫁ぐ……。考えただけでも恐ろしい。

「閣下がお選びになることが全てである。隠し立てするようなことがあれば、反逆とみなす。速やかに準備をするように」

改めて場が静まり返った。部下が王妃にリストを渡している。

話は終わったと将軍がガシャンガシャンと甲冑のまま玉座から立ち上がり出て行ってしまった。

私は怖くてずっと床だけを見つめていた。

「いやよ、いやっ、あんな恐ろしい人の所へ嫁ぐなんて！　何が妻よ！　人質じゃない！　聞けば皇帝の年の離れた弟だといっても、母親は平民だっていうじゃない」

王族と貴族が集められた部屋にアルカ姫の声が響いた。

父である王は隔離されて別の場所にいる。

さすがに王妃も今日ばかりは憔悴(しょうすい)しきっていた。

リストには六名の名が書かれていた。

王女であるアルカ姫と私。そして残りは有力貴族の娘だ。

それだけ見ても最終的にはアルカ姫を指名するだろうと誰もが疑わなかった。

「アルカ、ストレンジ将軍が決めたことだ。諦めてくれ」

「お兄様は王様になるのでしょう!? だったら、やめさせてよっ。どうしてよ、ヨーク侯爵は裏切るし……婚約も破棄された! こんなこと……」

「黙れ、私だって無理やり離縁させられ、帝国の女と結婚させられるんだぞ! 王といってもお飾りで玉座に座らされるに過ぎない。ポーツ国は帝国の手の内だ」

「昨日まで、こんなこと……ああ」

アルカ姫が嘆いている。そうだ、こんなことになるなんて誰が想像できただろう。

頭ではわかっていても起こったことにまだ馴染(なじ)めない。

「……でも、まだ私だって決まったわけじゃないわ」

その時アルカ姫の声が少しだけ高くなった。

ハッとして見上げればみんなが私を眺めていた。

「そうよ、アルカ。ミーナがいるわ。王女だもの。ミーナが将軍の目に止まればいいのよ。この厄災はきっとミーナのせいよ。厄災ごと帝国にくれてやればいいわ！」

いいことを思いついたと王妃の顔つきが変わった。

大変なことになったと私は血の気が引いた。

厄災の印がある私が選ばれる？

けれど、それがバレたら……。

「ま、待ってください、私は……」

「ストレンジ将軍が自分で選んだのなら文句も言えないでしょう」

「そんなっ、反逆だと思われたら……」

「おだまりっ！」

アルカ姫に怒鳴られて私はそれ以上なにも言えなくなった。

さんざん不吉だと言われた痣を持った姫を寄こしたなんて知られたら……。

「リストにはお前の名もあるじゃない。自身で選んだのなら、剣の錆（さび）にするくらいにとどめてくれるでしょうよ」

「そうよ。お前はストレンジ将軍の気をひいて上手く選ばれるのよ」

勝手に話がまとまってしまって、部屋に戻るとその日私は眠れぬ夜を過ごすことになった。

「どうしよう、もしも選ばれて、痣を見たらきっと殺されてしまうわ」

死神将軍（しにがみしょうぐん）……。今日漏れ聞いた話だけでも十分恐ろしかった。

一人で一つの部隊を全滅させたこともあるとかないとか。

彼の歩く道の後ろは血だまりができるとか。

どうやら今回穏便に済ませたのはとても珍しいことのようだ。

いつもなら容赦なく王とその血族の首を刎ねていたという。

恐ろしくて涙が零れる。

みんな私が将軍に選ばれると決めてしまったようだった。

そんなこと、どうしてうまくいくと思っているのだろうか。

心もとなくなってしまった私はまたディルから貰ったぬいぐるみを出してきた。

ギュッとそれを抱きしめてベッドに横たわった。なんとなく、安心しようと思ったのだ。

少しだけでも楽しかった思い出に縋りたかったのかもしれない。

誰も私を助けてくれる人などいない。

これで私が選ばれなかったら、それはそれできっと王妃たちからなにかされてしまうに違いなかった。


お見合いの日がこなければいいのに。

そんなことを願っていても、あっという間にその日はきてしまった。

「お仕度にまいりました」

朝から王妃が選りすぐりのメイドを三人も私の仕度の手伝いに寄越した。

痣のことがあるので口の堅いものを選んだのだろう。

そして、きっとアルカ姫が持っている中で一番上等であろうドレス。

なんとしても私が選ばれるようにしたいようだ。

体を薔薇(ばら)の石鹸(せっけん)で丁寧に洗われ、最高級のオイルでマッサージを受ける。

事前に知らされていたのかメイドたちは私の痣を見て、触れようとはしなかったものの、なにも言わなかった。

髪も香油を垂らされ、丁寧に櫛(くし)で梳(す)かれた。薄く化粧をほどこした私を鏡越しに見たメイドが満足そうにしていた。

キラキラした素晴らしいドレス。履いたこともないピカピカに磨かれた靴。

どれも初めて身に着けるようなものだった。

アルカ姫にあつらえられたそれは私には少し大きかったので、何か所かドレスを縫いつめられた。

靴は綿を入れて調節する。

最後に宝石のついた髪留めで髪をまとめられたときは、さすがにやりすぎではないかとドキドキした。

そうして仕度した私は用意された見合いの席に向かった。そこにはすでに王妃とアルカ姫と呼ばれた四名の貴族の娘が座っている。

アルカ姫は私を見て少し息をのんだ後、苦虫を噛(か)んだような顔をしていた。

他の娘は地味なドレスをまとい、華美な装飾品も一切つけていなかった。

こんなあからさまなこと、いいのかしら。と思う。

けれどこれで私が選ばれなかったら、滑稽だとしか言えない。

「閣下がお見えになります」

そう声がかかってドアが開いた。

再び恐ろしさに下を向いて私はストレンジ将軍が席に着くのを待った。

「顔を上げよ」

その声に顔を上げると、そこには甲冑のないストレンジ将軍の姿があった。

大きな体はそのままだが、素顔のストレンジ将軍は思っていたより若い。

てっきり三十代後半かと思っていたので驚いてしまった。

驚いていたのはアルカ姫や他の娘も同じだったようで、ポーッと将軍を見つめていた。

そうなるのも無理はない。将軍は精幹(せいかん)な顔立ちをしていた。

黒髪にすっと通った鼻筋。鋭いながらも切れ長の色気のある琥珀色の瞳。

野性味のある男らしい美丈夫だ。

しかし、そうはいっても体が大きくて威圧感があるのに変わりはない。

選ばれないと困るが選ばれても困る。

私はこの局面をもう運に任せるしかないと思っていた。

揃った娘の簡単なプロフィールはストレンジ将軍の部下が読み上げた。

訂正があれば申し出よと言われたが、『私には加えて厄災を招く痣があります』なんて言えないので黙っていた。

「質問はあるか？」

そう尋ねた将軍に声を上げたのはアルカ姫だった。

「あの、私たちの誰かを妻に、というのは本当なのでしょうか。……愛人とかではなく？」

「そうだ。無骨な私に嫁にくるものなど今までになかったからな。ただ一人の正妻として迎えるつもりだ」

その言葉にみんな驚いた。

まさか人質を正妻にするなんて思ってもみなかったからだ。

「他に質問は？　ミーナ姫からはないのか？」

突然名前を呼ばれて頭の中は真っ白になった。

「……特にございません」

やっとのことで消え入るように言うと将軍が笑った。

「それでは、私から質問しよう。猫は好きか？」

どうしてそんなことを聞くのか全く分からなかったが、先に応えたのはアルカ姫だった。

「動物は苦手です、閣下」

それを聞いた将軍は私の方を見て答えを促した。

「わ……私は……好きです」

「ほう、どういったところが好きなのだ？」

「ど……どうって言われましても。髭（ひげ）がぴくぴくしているところとか、やわらかくて可愛いところでしょうか」

「なるほど」

将軍は一人で納得している。な、なにか裏の意味でもあるのだろうか……。

鋭い瞳で見られると体が縮こまってしまう。早く終わってほしい。

しかし将軍は私にばかり質問してきた。

「ミーナ姫はピンクが好きなのか？」

着ているドレスがピンク色だったからか、そんなことを聞かれる。

「ピ……ピンクが好きです」

「君の瞳と揃いで良く似合っている」

褒めてもらっても怖い。

途中から将軍が私にしか話しかけなくなってしまって、どうしていいかわからない。

こちらの思惑通りに進んでいるのに、私はなぜかアルカ姫に睨まれていた。

他の子たちはただひたすら目を合わさないように下を向いている。

ど、どうしてこうなっているの？

「私の領地にも大きな河が流れている。ポーツ国に似たような風景があるからきっと親近感があるだろう。寂しいなら自分の侍女を連れてきてもいい」

「あの……」

そうして私に決めたかのように先のことを話し出してしまった。

これには私もどうしたらいいかとオロオロした。

「閣下はっ」

そこでアルカ姫が我慢ならないと声を上げた。

「どうした」

「その……ミーナを妻にと決められたのですか？」

アルカ姫が聞くと、ああ、そうだったな、という感じで将軍が簡単に答えた。

「ミーナ姫を妻にする」

あっさりと決まったそれに私とアルカ姫、その場にいた全員がポカンとしてしまった。

「見合いは終わりだ。ミーナ姫、そこらを二人で散歩しよう」

すると立ち上がった将軍が私に手を差し伸べた。

「あ、あの……」

「閣下が誘ってくださっているのだから早く行きなさい」

王妃に促されて慌てて私は将軍について行った。

あからさまに王妃の顔が安堵したものになっていた。

思惑通りにことが進んで満足している顔だった。朝から着飾らせた甲斐もあったのだろう。

庭に出るとさっそく将軍は今後のことを話した。

「なにか、私に言うことはないか？」

やたら将軍は手を顎にやりながら私に尋ねる。

緊張した私はまともにその姿を見ることができなかった。

それに、なにを言えばいいのだろう。

「まあ……いいか。これでもうポーツ国には用がないから三日後にはポーツ国を出ようと思う」

「み、三日後ですか」

「準備には少ないか？」

「い、いいえ。私の荷物は少ないので」

あ、と失言をしたことに口を押えた。姫として暮らしていたはずなのに荷物が少ないなんておかしく思うだろう。

しかし、持っていくドレスもなにもないので荷物は本当に少ないのだ。

「荷物は少なくていい。必要なものは私が買ってやる。そのくらいの甲斐性はあるつもりだ」

「あ……ありがとうございます」

小さな声でお礼を言うのが精一杯。普通にしていてもずっと睨まれているように思える。

こ、怖い。

まだ見極めているのだろうか。

このまま嫁いでしまって生きていける？

できるならすぐにでも逃げ出したいけれど、この鋭い瞳から逃げられそうになかった。

一方的な将軍からの質問にぽつぽつと答え、そうしてその日は解散した。

「ストレンジ領は水が多いのですって」

部屋で一人になるとぬいぐるみに話しかける。

少しでも気分が上がるように私は猫をぴょんぴょんジャンプさせてみた。

水の神様の使いは銀髪という迷信があるから私を選んだのかもしれない。

今日のメンバーの中で銀髪は私だけだ。同じ異母姉妹でもアルカ姫は茶色の髪色をしている。

でも、それで選んだ私が実は厄災の印の痣を持っていると知れたら？

ああ……。

あのコワモテの将軍が許してくれるだろうか……。

それからストレンジ将軍は朝夕の食事の時も積極的に私に話しかけてきた。

私は後ろめたい気持ちもあって、それに短く返事をしていた。

とうとう出発する日になって荷物をまとめていると部屋にアルカ姫がやってきた。

「お前にしてはうまくやったわ。けれど、閣下は戦場で『死神』と呼ばれて恐れられる方なのよ。あなたの肩の厄災の痣を見たら激高されるかもしれないわね」

アルカ姫がそんなことを言ってくる。

私にはどうすることもできないのに。

「……なんとか向こうに着くまではバレないようにします」

仕方なく答えるとアルカ姫は予想外のことを提案してきた。

「ねえ……交代してあげてもいいわよ？」

「え？」

「閣下があんなに若くて素敵だとは思っていなかったし……私が地味な格好をしていたからあなたを選んだけど、本当の私を見たら私を選ぶに決まっているもの」

「アルカ姫はストレンジ将軍が怖くないのですか？」

「私は厄災の印なんてないもの。美貌だって、なんだってお前に劣るものなどないわ。ね？　そうしましょうよ」

「……アルカ姫がそう言うなら」

どうして親切にそんなことを言い出したのか私にはわからなかったけれど、代わってくれるなら嬉しい。

もしも右肩の痣を見て怒られたら、それこそ私の命だけでなくポーツ国の信用問題にもなる。

それだと私が殺されるだけでは済まない。

せめて父に相談したかったが、父は国外追放されるまで監禁されることが決まっていて、話ができる状態ではなかった。

「じゃあ、ドレスは返してちょうだい」

アルカ姫は私に渡した数枚のドレスや装飾品を回収して部屋を出て行った。

王妃が変な格好はしないように、と私に渡していたものだった。

「私、行かなくてよくなったみたい」

嬉しくて猫のぬいぐるみと思わずくるくる回って踊った。

それでもこのままこの城にいても私の居場所はないだろうな、と思って荷物は鞄につめたままにした。

アルカ姫が将軍に嫁いでくれるなら、城が混乱している今、逃げ出すことができるかもしれない。

やっぱり隣国に嫁ぐ、なんて考えただけでも嫌だ。

もしかしたらディルを探すことも可能かもしれない。

私のことを覚えているだろうか。

まだ私に求婚してくれるつもりはあるだろうか。

魅力的な彼の琥珀色の瞳を思い出しながら、微かな希望で胸がドキドキした。

その時、コンコン、とドアの音が聞こえた。

私はきっとアルカ姫だと思ってぬいぐるみを背中に隠した。

しかしガチャリと入ってきたのはストレンジ将軍だった。

「あ……」

驚いて背中のぬいぐるみを落としてしまう。

「用意は進んでいるか？　身の回りのものだけでいいんだぞ」

固まっている私の側にきた将軍は私が落としたぬいぐるみに気づいて笑った。

「それも持っていくのか？」

「いえっ……あの」

慌てて拾ってまた背中に隠した。

「大きくて邪魔なら置いておけ。帝国に着いたら買ってやるから」

置いて、と言われて青ざめてしまう。これはディルに貰った大切な誕生日プレゼントなのだ。

「ダメです」

思わず叫んでしまって口を押えた。ストレンジ将軍は驚いてこっちを見ていた。

「あ、あの……大切なものなのです。ですから」

「大切？」

「は、はい」

「なるほど。では、私が持っていてやろう。大きくて鞄に入らないのだろう？」

「で、ですが」

「なに、代わりに持っていてやるだけだ」

それ以上なにも言えなくなってしまった。

せっかくアルカ姫が代わってくれると言い出したのにぬいぐるみを取られてしまう。

「それじゃあ、朝食に行こう」

ぬいぐるみを脇に抱えながらストレンジ将軍は食堂に私を誘導した。

私に断る選択なんてない。

なんとかぬいぐるみを返してもらわないと……。

ドレスを取り上げられて地味な格好になった私にストレンジ将軍はなにも思わないのだろうか。

食堂に着いたらきっと着飾ったアルカ姫が待っているに違いない。

アルカ姫の方が美しいと知ったらストレンジ将軍も選び直すだろう。

そう思って私は将軍の後ろに続いた。

「もっと食べないと体力が持たないぞ。こっちの皿も食え」

「あの……じ、自分で食べられます」

けれど、席に着いたストレンジ将軍はアルカ姫を見ることもなく、私の食べるものに注文をつけ始めてしまった。

その姿に向かいのアルカ姫の機嫌が悪くなっていくのがわかる。

アルカ姫はこの間の見合いの席とは違って美しく着飾っていた。

私が知るいつもの姿である。

チラチラとアルカ姫と将軍を交互に見ても、二人に変化が起こるようなことはない。

私にできることなどなにもなく、仕方がないので私はデザートの果物に手をつけた。

初めて見る果物……どうやって食べるのだろう。

それはとても硬くて……手に取ってしばらくそれを観察していた。

「貸してみろ。こうやって食べるんだ」

途方に暮れていた私から将軍は果物を取り上げると、指で皮を押して果肉を出して渡してくれた。

ブシャッ。

赤い果汁が血しぶきのように飛んで……。それがとても恐ろしかった。

こんなに力が強いならきっと私なんてひとたまりもない。

「……ありがとうございます」

恐々お礼を言って果物を口にした。

すると見た目の恐ろしさとは想像つかないような、ふわふわとした不思議な触感。

口の中にジュワッと甘い果汁が広がった。

わ……おいしい。

怖くて味なんてわからないかと思ったけれど、一瞬でそのおいしさの虜になってしまった。

私がホクホクと果物を食べていると、隣から笑い声が聞こえた。

不思議になって顔を上げると将軍がこちらを見ていた。

うぐ……。

「君は美味しそうに食べる。私の領地の特産品でララッカという。気に入ったのならよかった」

食い意地が張っているように思えたのだろうか。

もぐもぐと食べていた私は恥ずかしくなった。

「あの、閣下」

その時、アルカ姫が将軍に声をかけた。

いよいよ交代すると言ってくれるのかと期待した目で見てしまう。

「なんだ?」

じっとアルカ姫を見つめる将軍。

やっとアルカ姫がきれいに着飾ってきたことに気がついたようだった。

「その……お見合いの席では注文していたドレスが届いてなくて」

アルカ姫が首をかしげて将軍を見つめていた。

なかなかその姿は可愛いのではないかと思ったが、将軍はたいして興味はないようだった。

「それは良かったな。さあ、ミーナ姫、フィンガーボールで手を洗ったら出発するぞ」

「……はい」

アルカ姫に睨まれたけれど、こんな恐ろしい相手に『はい』以外の返事などできるだろうか。

そのまま私は将軍に連れられて行った。

なんとかアルカ姫は話しかけようとしていたようだが、威圧感には耐えられなかったのか、結局は将軍になにも言えないようだった。

このままだと本当に私が将軍の妻という名の人質として連れられてしまう。

将軍の機嫌を損ねたらどうなるのだろうと思うと恐ろしくてカタカタと体が震えた。

＊＊＊

あの日、湖のほとりで一目ぼれしてからずっと探していた。

ミミ。

ころころと笑う可愛い娘。

好奇心が旺盛で少し会話しただけで頭の回転の速さが窺われる。

仕草と話し方で貴族だとは思っていたが、まさか王女だとは思っていなかった。

ようやくミミ……ミーナ姫をストレンジ領に連れて帰ることができる。

『妻』として。

小さな彼女を見下ろしながら、私の心は躍っていた。

口もとがにやつくのがバレないように片手で押さえる。

皇帝である異母兄からポーツ国の件で相談された俺は二つ返事でその制圧に乗り出した。

諸外国から総スカンを食らっているというのに、ポーツ国は運河の所有を盾に高飛車な態度を崩さなかった。

そう、我がハルレーニア帝国に対してさえも。

国王の首を刎ねてもよかったが、ポーツ国は近隣諸国との血縁が多い。

下手にこちらが恨みを買うよりは国内の不満を持つ貴族の協力を得ることにした。

さっそくポーツ国に潜入し、有力貴族であるヨーク侯爵との接触を図り、味方につけた。

ヨーク侯爵は前々から国王のやり方に異議を唱えていたが聞き入れてはもらえなかったらしい。

侯爵以外にも協力してくれる貴族が続々と集まり、どうやら内政はもう破綻寸前だったとわかった。

これなら大きな戦いがなくともポーツ国の中心を牛耳ることができそうだった。

呑気に国を掲げて第一王女の誕生祭を行うポーツ国内にハルレーニア帝国からの兵を引き入れるのは簡単だった。

首尾よく侵入を済ませた者たちと簡単に今後のことを確認して宿に戻ろうとした時、従者が馬の手綱を緩めた隙に花火の音で驚いた馬が逃げてしまった。

半泣きになる従者とは違う方向に私も馬を探しに歩いた。

私が湖に着いた時、馬が手綱に引かれているところだった。

その姿を見て、本気で水の精霊が私の逃げた馬を捕まえてくれたのかと思った。

銀色の髪、抜けるような白い肌。神秘的な薄紅色の瞳……。

誰だって水の精霊が具現化したものだと思うだろう。

衝撃を受けた私は彼女から目を外すことができず、ただその姿を見つめていた。

それからずぶ濡れになった彼女がドレスを脱いで絞り出したので、さすがに女性の着替えを見てはいけないととっさに顔を背けた。

けれど見てしまったものはしょうがない。

濡れた髪が頬に張り付いてほのかな色気をまとっていた。

薄紅色の瞳の色も彼女の儚(はかな)さを演出している。

日の光に水滴がキラキラと光り、そのまま光の中に消えてしまいそうな美しさだった。

完全に出ていくタイミングを逃してしまって、着替え終わったかと目をやると、彼女がドレスを肩に通しているところだった。

むき出しになった白い肩から目が外せない。

彼女は右肩を気にしていて、よく見ると大きな痣があるようだった。

可愛そうに、あのような痣があれば気になるだろう……。

しかしそんなことで彼女の魅力が無くなるとは露ほども思わない。

なんて小さくてかわいらしい。

昔からその風貌が恐ろしいと言われてきた私だが、実は猫や小鳥……小動物が大好きだった。

そういえば彼女は私の愛猫にも似ている。

そのうち彼女が移動し始め、それを見て反射的に茂みから出てしまった。

「ひいっ」

私の姿を見て彼女が驚く。

そう言えば偵察に街中を歩くのに目の周りに仮面をつけていた。

「すまない、驚かせるつもりはなかった。馬を捜してきたんだ」

「う、馬ならそちらに」

仮面を取るか悩んだが任務遂行中のため、顔を晒すことはできない。

その間も彼女はしきりに右肩を押さえていた。

――声まで可愛いのか……と衝撃を受ける。

「馬も、君も濡れているようだが……」

「花火の音に驚いて走ってきたのでしょう。湖に落ちてしまったのです」

「ここに繋いでくれたのは君か？」

「そ、そうです。あの……く、くしゅんっ」

「すまない、気が利かなかった。少し待っていてくれ」

くしゃみをするのを見て彼女が濡れているのを思い出した。

くしゃみまで可愛らしい。

すぐに少し戻って荷物をあさり、鞄の中から大判のタオルを引き出した。

急いで彼女の元に戻るとタオルを渡す。

「これを使ってくれ」

「ありがとうございます」

「いや、こちらこそ礼を言わねばならん」

「飼い主がすぐに見つかってよかったです」

遠慮がちにタオルを使った彼女はそれをすぐに私に返そうというのか、畳もうとしていた。

「よかったらそのまま貰ってくれ。こちらの不手際で馬が走って行ってしまったのだからドレスも弁償する」

「そんな、このタオルだけで十分です。この天気ならすぐに乾きます」

遠慮する彼女の髪から雫(しずく)が落ちるのが気になって、そのままタオルを使って拭いた。彼女の頭は小さくて、あまり強くすると壊れてしまいそうだ。

そうして半ば強引にドレスを買いに彼女を連れて街に戻った。

早く乾いた服を着せてやらないと。

少し乾いたといっても濡れた姿は目立つ。

街に入ったところで目についた仮面を買って彼女に渡した。

「ありがとうございます」

目元を隠した彼女にお礼を言われる。

湖でのやり取りでも思ったが、非常に奥ゆかしい性格をしている。

ドレスや宝石を強請る女性しか見てこなかった私は新鮮な気持ちだった。

皇帝の弟と言っても私と兄とは二十歳も離れているし、異母兄弟の上、私の母は平民だ。

歳高で生まれた子なので父にも兄にもかわいがってもらったが、世間は私のことを庶子であるとどこか敬遠している。

そのせいか私の周りに寄ってくる貴族の女性は私を下に見ていた。

そんな女はこちらこそ願い下げだが、だからといって平民の女性との接点もなかった。

『お前は気に入る女性と婚姻すればいいよ』と兄は言ってくれていたが、見合いも断って未だ独身を貫いている。

彼女は貴族だろうか。

手荒れをしていない手に美しい所作は貴族であると思われる。

話し方も共通語のイントネーションである。

しかし、服装は地味でとても年頃の貴族の娘とは思えなかった。

「いらっしゃいませ」

店に入ると店員が外に目をやりながら気もそぞろといった感じで対応した。

きっと祭りが気になって仕方がないのだろう。

私たちのつけている仮面にも違和感がないようだ。

並ぶドレスに彼女が着飾ったらどんなに可愛らしくなるだろうと思いを馳せる。既製品だが、色とりどりのドレスが取り揃えてあった。

「この辺りが妥当か……」

「そうですね。お嬢様ですと、明るい色が」

店員とひらひらとした可愛らしいドレスを選んでいると彼女が声を上げた。

「ちょっと、待ってください」

そうしてシンプルで地味なドレスがいいと譲らない。

少し残念に思ったが、彼女が選んだのだからしょうがない。

これで義理は果たしたな、と思って家まで送るつもりだった。

いくら彼女を一目で気に入ったからといっても、さすがに任務中に女性をどうこうしようとは思わない。

それに家名を知れば後で会うことも可能だろう。

しかし着替えてきた彼女を見て気が変わった。

私が買った服に身を包まれている彼女の姿を見て浮足立ってしまったのだ。

「せっかくだから少し遊ぼうじゃないか」

気がつけば、なんとか彼女を引き留めようとナンパ師のようなことを言っていた。

「えっ……」

「少しだけ付き合ってくれ。知り合いもいないし、女性と一緒の方が動きやすい。そう思ったら君の服装は地味でちょうどいい」

強引だったかと思ったが、彼女も祭りが気になるようで『少しだけなら』と言って付き合ってくれた。

屋台や大道芸を見ながら隣で目を輝かせている彼女と街を歩く。

どうやら祭りに参加するのは初めてのようだった。

なんとか名前を聞き出して、自分の名前はミドルネームを教えた。

ミミと言う名前は彼女にぴったりの可愛さだった。

ちょこちょこと歩く彼女を見て歩くのはとても楽しかった。

そのうち屋台のゲームに興味を示したのか、視線がそこに留まっていた。

「ミミ、あれをやろう！」

参加しようと誘って、店主に二人分の金を払うと戸惑いながらもミミがボールを受け取った。

挑戦は五回までだ。

景品の猫のぬいぐるみが欲しいのか、彼女は気合を入れてボールを投げていた。

その姿がなんとも可愛い。

そして猫は私も好きだ。

ボールを穴に入れるだけのゲームだが彼女には難しかったらしく、代わりに景品を取ってやると嬉しそうにそれを胸に抱いた。

「そんなに喜ぶほどのものでもないと思うが……」

こんなに喜ぶなら、もっとプレゼントしてやりたい気になる。すると彼女はこう続けた。

「実は今日誕生日だったんです」

「そうだったのか」

「だから……嬉しいです」

そうしてはにかんで笑う彼女に目を奪われる。

可愛さに胸を打たれ、私は躍起になってなにかとプレゼントしようと声をかけた。

しかしその後も彼女は高価なものは受け取ろうとはしなかった。

代わりに安い串焼きや飴を買ってやるともぐもぐと食べる。

頬を膨らませている姿が可愛すぎてムズムズした。

それからも猫のぬいぐるみをぎゅっと抱きしめる彼女に釘付けで、ちゃんとしたプレゼントを贈らせてもらえない自分が歯がゆく思えた。

祭りを楽しんであっという間に時間は過ぎてしまった。

なにか記念になるものが欲しかった私は彼女がゲームでとったミサンガを貰うことにした。

それだけでも特別なものに思えたのに、彼女はそれに自分のピアスを外してつけてくれた。

大切な物だろうに気が引けたが、彼女が身に着けていたものを分けてもらって素直に嬉しかった。

そろそろ湖に戻らないといけないと思うと、ひどく名残惜しい。

天気だった空からは急に雨粒が落ちてきてしまった。

湖までミミを庇いながら走る。

それだけのことなのに、目が合うと自然に笑ってしまった。

「天気雨だ。すぐ止むさ」

湖に戻ると木の下に逃げ込んだ。彼女は馬を撫(な)でながら馬の心配をしてくれた。

慎ましく、心根の優しいミミに私はますます気持ちを取られてしまう。

「あの……楽しかったです。たくさん買ってもらってありがとうございました」

彼女も楽しんでくれたのは素直に嬉しい。

同じ気持ちだったのかと思うと気持ちはさらに高ぶった。

「こちらこそ。ミミ、もう少し一緒に……」

もっと一緒にいたい。

そう思って仮面を取ろうと手をやると思いがけず彼女の手が重なった。

「取らないでください。あなたの素性を知ってしまったら、夢でなくなってしまいます」

「夢？」

「はい。こんなに楽しかったのは初めてなんです。けれど、私には婚約者がいます。男の方と祭りを楽しんだなんて知れたら怒られるだけでは済まないでしょう」

その言葉は衝撃的だった。

もう婚約者がいるのなら、ミミはやはり貴族の娘なのだろう。

私は気持ちが焦った。

「それは……婚約者を愛しているから？」

「いいえ、顔も見たことのないずいぶん年上の人です。でも義理は通さないと」

その答えでかろうじて少し気持ちが落ち着いたが、こんなに動揺するなんて自分でも驚く。

ミミの手が触れている個所がひどく熱く感じた。

なんとしても彼女を手に入れたいと思ってしまう。

「義理……私も義理を通したらミミとまた会えるのか？」

「そんな、それだと私に交際を申し込むことになりますよ？　ご冗談……」

あきらめたように笑う顔が切ない気持ちにさせる。

「このまま別れてしまうのは惜しい。出会って数時間だが私はミミが気に入った。なかなか私たちは相性がいいと思わないか？　とても、楽しかったんだ」

「それは……私も楽しかったですけれど」

顔も見たことのない相手なら、まだ間に合うはずだ。

「交際でなくて求婚でいい。必要なら君の婚約者と決闘しよう」

「なにを言い出すのですか」

「そのくらい本気なんだ。ミミは私が嫌か？」

「嫌だなんて……」

ミミの声色に困惑が混じる。けれど、嫌がっているのではないとわかった。

「雨が強くなった」

適当な理由をつけて腕の中に閉じ込める。

この仕事を上手く終えたらミミを迎えにいく。

それまで私のことを覚えていて欲しい。

そして私もミミの顔をこの目に焼き付けておきたい。

ミミの仮面を取って落とすと、彼女の唇を奪った。

甘く、やわらかい唇……。

今はこれで我慢しておこう。驚いたミミは目をぱちぱちとしていた。

「必ず迎えにいく。婚約者のところへは行かないでくれ」

私が誓うとミミが照れたように笑ってくれた。しきりに唇を気にしているのが初々しくて、婚約者よりも先に唇を奪えたことに安堵した。

その後にシャツの裾を握ってくるのが、もうどうしようもなく可愛かった。

「ディル様！　心配しましたよ」

キスの余韻も楽しむこともなく、従者が私の顔を見て叫んだ。

そうしてその視線はわたしの後ろにあるミミに向けられた。

怖がらせないように前に出ると部下たちに馬を捕まえてくれたのだと説明した。

明らかに部下たちは私が美しい娘を連れていることに驚いていた。

そして吟味するように視線を向けている。

心配してくれているのはいいが、ミミが後ろで怖がっているのが窺えてとっさに背中に隠した。

それから探し出すための家名を聞いたが、ミミは教えてくれなかった。

警戒している姿も猫のようで、好ましく感じてにやついてしまう。

ここは大人しく引き下がって、後で調べることにしようと心に誓った。

貴族とわかればすぐに洗い出せるだろう。

そうして彼女とは別れ、私は作戦を遂行しながら第一王女と同じ誕生日の貴族の娘『ミミ』を探した。

数日後、できる部下はすぐにミミの正体の洗い出しをしてくれた。

「ポーツ国の貴族で第一王女と同じ誕生日は一人しか該当しませんよ」

さっそく集められた名簿を捲り(めく)ながら腹心のライナーが報告する。

彼の仕事はいつも早い。

「名前は『ミミ』か？」

「……名前は『ミーナ』ですね」

「ああ、それじゃ、きっと彼女で間違いない」

家名を聞いた時に警戒した彼女を思い浮かべると楽しくなった。

きっととっさに偽名を使ったに違いない。賢い娘だ。

しかし見つかって楽しそうな私とは違ってライナーは渋い顔をした。

「なんだ、不味(まず)い家の娘だったか？」

「不味いというか、なんというか……第二王女です」

「は？」

「……ミーナ姫は国王の側妃の子で陰で『厄災姫』と煙たがられています。なんでも姫の母親は彼女を第一王女と同じ日に産んで亡くなったとか。姫はなんのとりえもない愚か者で、体のどこかに厄災の印があるとまことしやかに言われています」

「少なくとも愚か者だなんてことはなかったぞ。それに厄災の印？」

　そう聞いて思い起こすのは肩にある痣だった。

　母親も亡くしたというのにそんな言いがかりもつけられるなんて気の毒だ。

「ライナー、ポーツ国を従属国にしたら第二王女を娶（めと）ることにする」

「えっ。気に入ったのですか？　『厄災姫』ですよ？」

「同じ日に生まれたのなら十八年間だな。その間のポーツ国の厄災とはなんだ？　あれだけ好き勝手やって潤（うるお）ってきたんだぞ、今更私が国を制圧するのを厄災とは言わないだろう」

「確かに大きな災害があったわけでもないですが……余程気に入ったのですね」

「とても可愛らしいんだ」

「聞きましたよ？　身なりは地味だったそうですが、閣下好みの華奢（きゃしゃ）で可愛らしい人だったらしいですね。しかも銀髪。はあ。わかりました。作戦が成功した暁には戦利品としてお連れ帰りください。でも条件があります」

「条件？」

「娶る前に主要貴族の娘も混ぜてお見合いしてください。あなたが夢中になっているのがミーナ姫かどうか確かめるには丁度いいでしょう？　出方を見て私は貴族の力関係を測りますから」

「面倒だな。ミミが見つかったんだからそれでいいだろう」

「ポーツ国は貴族の関係が複雑なんです。僕は残って処理をしないといけないんですよ？　それとも閣下が後処理をしてくれますか？」

「わかった、わかった。好きにしろ」

「協力していただけるならミーナ姫について詳しく調べさせていただきますから」

「ライナーには頭が上がらないな」

浮かれる私にライナーがため息をついた。

しかし内心はホッとしているに違いない。

ライナーが一番私が所帯を持つことを願っていたのだから。

そうして作戦は計画通りに進み、ポーツ国は従属国になった。

これで予定通りミーナとの約束を守ることができる。

ホッとしているところにライナーが貴族の男を連れてきた。

「閣下、ヨーク侯爵家のご長男であるアルベルト様がお話があると申していまして」

二十歳に満たない風貌の青年は私をまっすぐに見ていた。

ヨーク侯爵と言えば、今回の作戦で多大な協力をしてくれたポーツ国の貴族だ。

なかなかの美青年で、私を前にしてもしっかり目をそらさないところは褒めてやりたい。

「この度はヨーク侯爵の力添えが無ければここまでスムーズに事は進まなかっただろう。感謝している」

「いえ、こちらこそ閣下の素晴らしい采配で血も流さずポーツ国の膿(うみ)が出せたと父も喜んでおります」

「それで、話とはなんだ？　改革の話なら父親を通して提案してほしいのだが」

するると急にまごまごと言いにくそうに話をしだした。

「あの……その話ではなく、閣下がミーナ姫を気に入っていると聞いて」

ん？　と思ってライナーを見る。

簡単に情報を流すのは彼らしくない。

「睨まないでください、閣下。彼はアルカ姫との婚約を解消して、ミーナ姫を引き取るつもりだったそうなんです」

「ミーナ姫を引き取る？」

「以前ミーナ姫の侍女だった者に助けを求められて調べたのですが彼女は継母である王妃とアルカ姫にいじめられて育ちました。私も幼いころから気にかけていたので、この改革を機に手助けできないかと父にも相談していたのです」

なるほど、要はこの男はミーナ姫が欲しいのだとわかった。

自覚していないのだろう、「引き取る」なんてずいぶん甘い考えだ。

悪いが私は欲しいものはつかみ取る人間だ。

曖昧な気持ちで挑む者に負ける気はしない。

「私はミーナ姫と会ったことがあってな。その時に一目ぼれしたんだ。だから、彼女のことは大切にするし、正妻に迎えるつもりだ」

「閣下！」

私の言葉にライナーが約束が違うと睨んでくる。

「……建前があって、貴族の娘を集めて見合いはするがミーナ姫を選ぶことを宣言しておこう。このことは他言無用だ」

「閣下が……ミーナ姫を」

「だからミーナ姫のことは心配するな。私が引き受けよう」

私の話にショックを受けたままアルベルトは部屋を出て行った。

後から自分の気持ちに気づいたところで遅い。

そうして見合いの当日、私のミーナ姫は美しく着飾って表れた。

私はライナーに間違いなかったという思いで視線を送った。

ひとつ計算外だったのはミーナ姫が私をまったく知らない人のように思っていることだった。

どうやら彼女は私のことがディルだとは気づいていないようだった。

腕につけたミサンガを見せようと目の前で出してみても見ようともしない。

――私はあの時、自分が長い金髪のかつらをかぶっていたことをすっかり忘れていたのだ。

第二章　厄災姫は選ばれる

「船が出せない、とはどういうことだ?」

辺りにストレンジ将軍の力強い声が響いた。

さあ、城を出発しようと馬車に乗り込むところに船着場からきた彼の部下が駆け寄ってきて、船の状況を報告していた。

どうやら他の国の船が座礁して運河で立ち往生しているという事だ。

こういう事故は年に数回起こるのだが、今日起きてしまうなんて運が悪い。

当然帝国に戻るには運河を使った方が早く着く。

陸路を回り道するなら待っていた方が早いので出発は事故の処理が終わるのを待つことになった。

まさか、と思った。

私が嫁ぐことになって引き起こった厄災ではないだろうか……。

しかしいつもと違って『ミーナ姫のせいじゃない?』と騒ぐアルカ姫はなにも言わなかった。

どうやら将軍がポーツ国から動けないと知って喜んでいるようだ。

彼女は将軍に嫁ぐことを諦めていないのだ。

それからアルカ姫はなにかと着飾ってストレンジ将軍の周りをうろついていた。

一方将軍は二人きりになろうとするので、私は内心アルカ姫の行動に感謝していた。

その日も食後に庭で散歩しようと誘われると、後からアルカ姫がついてきた。

「この庭園は外から様々な国の花を集めていますの」

「ああ、そうか」

アルカ姫が率先して話をするので私はついて歩くだけでよかった。

将軍が紳士的に接してくれているのは理解していたけれども、もともと男性も怖い上に体が大きくて圧倒される。それに初めて見た時の甲冑姿が未だ尾を引いて怖かった。

でも、将軍に大切なぬいぐるみを取られたまま……。

アルカ姫と花嫁を交代する前に返してほしいと言わないといけない。

このままだと捨てられてしまうかもしれない。

どうにか返してもらえないかと私は考えあぐねていた。

「これはどういう仕組みなんだ？」

「それは……」

隣で会話していた二人が沈黙したので不思議に思って見ると、どうやら庭園の噴水の原理を聞かれてアルカ姫が言葉に詰まったようだ。

私の方を見られても……困るのだけれど。

噴水の原理なんて私が知っていたらおかしいでしょう？

それなのにアルカ姫は私に話を振ってきた。

「ミーナから説明しますわ」

きっとアルカ姫は困ったらこうやって侍女やお付きの者に話をふっているのだ。

今は三人しかいないため、その役割は必然的に私に回ってきたのだろう。

答えるか、答えないべきか……。

悩んでいてもアルカ姫にどうにかしろと睨まれるだけだったので、私は簡単に説明することにした。

「詳しい原理は知りませんが、高低差を利用してここと此処にパイプを埋め込んでいるのです。ここに水が溜まるとこちらから水が押されて噴出するみたいですね」

私が説明すると将軍がふうん、と面白そうに噴水を眺めていた。

城の外に出ることがなかった私は庭のことや本で知り得た情報には詳しい。

暇だったので特に庭のことは良く調べていた。

「そ、それよりあちらの花を見ましょうよ。珍しいものをたくさん集めているのですよ」

気まずくなったのかアルカ姫の提案で移動する。

「この水路で自動的に水をやっているのか？」

「あの、閣下？」

ストレンジ将軍は花を見るよりも装置に興味が湧くようだった。

しかしそうなるとアルカ姫はまた答えに詰まった。

そうして私を見てくるのだ。

困ったな、答えてもいいのかな……。

「ええとそうです。こちらの大きな水路から水を引いて新鮮な水が絶え間なく供給されます。平坦に見えてこれでも各方面に流れるように水勾配が考慮されています」

「みずこうばい？」

聞き返したアルカ姫にわかりやすく説明を入れる。

「水を流すための傾斜……坂道みたいなものです」

「だったらそう始めから言いなさいよっ……あっ、いえ……オホホ……」

将軍はまたうんうんと興味を示していた。

「ストレンジ領でもいくつか取り入れたい仕組みがあるな」

なるほど、自分の領土で使える仕組みなのかどうか知りたかったようだ。

それは領民を大事にしているということ。

もしかしたらいい人なのかもしれない。

いや、でも。その鋭い目で見つめられると体が震える。

アルカ姫はどうして平気なのだろうかと不思議に思えた。

「ではここでお茶をしましょう。……ミーナ」

東屋に着くとアルカ姫が私に目配せしてきた。

あらかじめ用意してあったポットから二人分のお茶を注ぐと私にはもう用はない。

ここは引き下がれということだろう。

「あの、すみません。ちょっと眩暈がするので私は先に部屋に戻らせていただきます」

そうして理由をつけて、さっさと退散しようとすると将軍が動いた。

「きゃっ」

将軍は私の膝裏をすくって抱き上げてしまう。

その硬い筋肉の感触に私の体が緊張する。

抱き上げられた位置も妙に高くて怖くて泣きそう。

お、落とされたら死んでしまう！

「調子が悪いなら早く言えばよかったのだ。部屋まで送ろう」

どうしてこうなったのか、私は将軍に抱えられながら部屋に戻る羽目になってしまった。

体がカチコチに固まる。

肩越しに見えるアルカ姫の表情で反感を買ったことだけはわかった。

「私と二人きりになるのは嫌か？」

部屋に戻り、ソファにそっと下ろしてくれた将軍は私にそんなことを言った。

どうやら私が身を引こうとしたのはバレバレだったのだろう。

怖いけれど、嫌だとは思っていない。それよりアルカ姫の反感を買うのがダメなのだ。

ストレートには言えないけれど。

「嫌ではありません……けれどアルカ姫があなたのことを気に入っているようです。アルカ姫は正統な第一王女ですし、優秀でずっとストレンジ将軍に見合った姫だと思います」

至極当然のことを言ったと思ったが、将軍は眉間にしわを寄せた。

「アルカ姫のどこがミーナ姫より優れているんだ？」

「第一王女ですし、容姿も、後ろ盾も……全部です」

「容姿はミーナ姫の方が好みだし、後ろ盾は邪魔だ。それに今日話をしてみて頭がいいのはミーナ姫だと思う。アルカ姫は庭の説明も、なにひとつまともにできていなかったじゃないか。どれをとってもミーナ姫の方が上だ」

「そ、そんなことはありません」

思いがけず将軍が褒めてくれる。

けれど私には厄災の印があるのだ。

もしもすべてアルカ姫より優れていると言ってもらえたとしても、それでお釣りがきてしまう。

将軍がそれを見てしまったらきっとすぐにアルカ姫がいいと言い出すだろう。

これを言えば……私を娶るなんてしない。

きっと醜く厄災を引き起こす痣をもつ私に怒るに違いない。

どうしよう、すぐに告白してアルカ姫を選んでもらった方がいいだろうか。

「すこし休んだらミーナ姫のドレスをそろえに行こう。手配をしてくるから出かける準備をしておけ」

黙り込んだ私に部屋を見回した将軍がそう言った。

簡素過ぎる部屋になにを思ったのか考えただけでも怖い。

「あ、あの……」

「じゃあ、またくる」

何も告げられないまま、将軍は部屋を出て行ってしまった。

するとと待ち構えていたように入れ違いに部屋にきたのは王妃だった。

「ああ、恐ろしい男だこと。あの男のせいで私は王と田舎に追いやられることになったのよ」

どうやら王妃は将軍が出ていくのを待っていたようだ。

そして私の方に向き直ると眉間にしわを寄せた。

「それなのに、アルカが閣下を気に入ってしまってね。自分が結婚してストレンジ領に行きたいと言い出したのよ。人質なんて冗談じゃないわ。きっとストレンジ領に行けばひどい目に遭うわ。裏切り者のヨーク家とは破談になったけれど、あの子にはもっといい縁談を探すのだから」

「でも……」

「いい？　お前は厄災を運ぶのだから、人質になるのがちょうどいいの。行ってお父様の無念を晴らすといいわ。幸い閣下はお前を気に入っているようだし、必ずお前が嫁ぎなさい」

「でしたらアルカ姫の説得を……」

「それができたらお前に頼みにきたりしないわ！」

「でも、アルカ姫は閣下を……」

「お黙りなさい。この母親殺しが」

王妃のその言葉で頭が真っ白になる。

言われ続けた呪いの言葉。

「いい？　痣のことはストレンジ領に着くまでは絶対に知られないようにするのよ。アルカに閣下を近づけないようにしなさい。痣を隠すにはこれを水に溶いて塗ればいいわ。一時間くらいは隠せるから」

言いたい放題の王妃に私はなにも反論できなかった。ただ、唇を噛むだけ。

王妃は乱暴に色の粉が入った瓶を手渡した。

「返事はどうしたの？」

「……はい」

満足したのか王妃は部屋を立ち去って、虚無感が私を襲う。

大丈夫、言われ慣れたことじゃない。

そうは思っても重い言葉だった。

もう私に「ミーナ様がお生まれになるのを一番心待ちにしていたのはお母様ですよ」と言ってくれたエルダはいない。

「強くならないとね……」

結局は私が嫁ぐのが一番いいことなのだろう。

私はさっそく色の粉を水で溶いて肩に塗ってみた。

「消えはしないけれど……暗いところならわからないかな」

それを塗ると痣が少し薄く見えた。

こんなものがあるなら早く教えてくれてもよかったのに……。

「ああ……」

しばらく椅子に座って脱力していると、ストレンジ将軍の従者が私を呼びにきた。

私は慌てて外出する用意をしてついて行った。

すぐに馬車に乗せられて、将軍の向かいに座るとぎゅっと膝で手を握った。き、緊張する。

「帝都に着いたらいくらでも作っていいが、今着るものを買っておけ」

じっと私の服装を見て将軍はそう言った。

清潔にはしているけれど、形も古いし色あせた地味なドレス。

これは母が残したドレスだ。流行遅れも甚だしい。

これじゃあいくら人質でも将軍が隣に置くのは恥ずかしいだろう。

帝国の従属国になったポーツ国の街並みは、あちこちで帝国の旗が立っていたが静かで混乱した様子はなかった。

あまりにも早い解決に、国民はなにが起きたのかもわからないのかもしれない。

それどころかあからさまに一部の貴族ばかり得する政策に不満をためていた民は喜んでいるだろう。

黙って窓の外を眺めている私に将軍はなにも言わなかった。

「あれ……」

ストレンジ将軍に連れられてきたのはディルに連れられた店と同じだった。

てっきり王族の息のかかった店に行くかと思っていたので驚いた。

「なんだ、不満か？　王族お抱えの仕立て屋は自粛させている。少し内情を知りすぎているからな。ここで我慢しろ」

「いえ、十分です」

ここも貴族相手にいろいろなものをそろえている店だ。仕立てもできるが、ひとまず着るものとなると既製品で十分だ。

「それと、選ぶならこの中から選べ」

将軍が指したのはかわいらしい色使いのドレス達だった。

あの時、ディルが選んでくれようとしたものだと思うと胸がチクリと痛んだが、そんな色を選ばせてくれる将軍に少しだけ感謝した。

何着か選ぶとすぐにサイズ直しして届けてくれるという。

「今着ているのは捨てて、着替えておけ」

そうして一枚は将軍が選んだドレスを着せられた。

ピンクのドレスは薄い布でできた花びらがたくさんついた美しいものだった。

そうしてそれに見合うアクセサリーと靴……一通りのものをそろえられた。

「良くお似合いです」

店員に褒められて店を出る。見上げると将軍が鋭い目で見降ろしていた。

……なにか、まずかったかな。たくさん買いすぎたのだろうか。

でもそれは将軍があれこれ勝手に決めて購入してしまったのだ。

「あの……ありがとうございました」

「……いや。他に必要なものはないか?」

「だ、大丈夫です……あの……」

「なんだ？」

「い、いえ、なんでもありません」

どうして睨まれているのかわからない。

けれど、ぬいぐるみを返してほしいとは言いにくい雰囲気だった。

「ミーナは……ピンクが良く似合う」

「え」

ぽつりとそんなことを言われて馬車に乗りこんだ。

もしかして、褒めてくれたのだろうか。睨みながら？

結局帰りの馬車の中でも緊張し通しで無言で帰った。

夕食はそのままの格好で席に着く。

あからさまに値踏みするようなアルカ姫の視線が私に向けられる。

元王は王妃とポーツ国から明日離れることになっている。

永久追放だ。

継母に説得されたようだがアルカ姫はついて行かず、王に挿げられた兄とともにポーツ国に留まると聞いていた。


その夜、事件が起きた。

ドアの向こうから怒鳴り声が聞こえて、起こされたのは深夜だった。

「ミーナ！　早くここを開けなさい！」

聞き覚えのある声に慌ててドアを開けると鬼の形相の王妃がいた。

「な……何事ですか？」

「閣下に許しを請うのです！　早くっ！」

なにがなにやらわからないまま腕を強く引かれて王妃に外に連れられる。

私は靴も履かせてもらえなかった。

廊下に出ると騒がしくて、ドアの前に蒼白（そうはく）になってしゃがみ込むアルカ姫がいた。

その前に立ちはだかるのはストレンジ将軍だった。

王妃は連れてきた私をアルカ姫の前に立たせた。

「アルカは、へ、部屋を間違えただけです。ほら、ミーナ、あなたも一緒に謝りなさい！」

無理やりつかまれて王妃に頭を下げさせられた。

いったいなにが起きているのかわからない。

「ミーナ姫も加担していたのか？」

そして将軍がそんなことを問いかけてくる。

「加担？　何のお話ですか？」

ポカンとなって聞くと王妃とアルカ姫に睨まれたが、将軍はホッとしたようだった。

「知らぬならいい。こっちに来い」

そう言われて将軍の元に行くと部屋の中に押し込まれた。

そうして将軍は王妃とアルカ姫を一瞥(いちべつ)した。

「お前たちが浅はかなことを考えないように、明日にでもミーナ姫と婚姻を済ます。今から部屋も共に過ごすからそのつもりでいろ」

「閣下！　私はっ」

言い募ろうとするアルカ姫に将軍は冷たい視線を送った。

「なにか勘違いをしているらしいが、私はお前たちの首を自由に刎ねていい権限を帝国からもらっている。ミーナ姫の姉だからと大目に見ていたが、さすがにこれは目に余る。考えを改めないならこちらも出方があるぞ」

「でも、ミーナはっ」

「うるさいっ、身の程をわきまえろっ」

とうとう将軍に一喝されてアルカ姫が真っ青になっていた。

こんなふうに怒鳴られたことなど今までないだろう。

なんのことかわからないのに、私まで肌がびりびりとしてしまった。

「閣下、アルカには私が言い聞かせますから」

慌てて王妃がアルカ姫の頭を下げさせていた。

「次はないぞ」

将軍は言い捨ててドアをパタンと閉めてしまった。

「あの……将軍、いったいなにが？」

ソファに座らされた私は将軍を恐々見上げた。

将軍は靴を履いていない私を見てタオルを持ってきてくれたが、まだ怒り冷めやらぬといった感じでピリピリしている。

「まったく、舐められたものだ。腹の立つ」

タオルを受け取って自分で拭こうとするとその手を躱される。

そして当然のように膝をついた将軍が足を拭いてくれた。

「じ、自分でします！　あなた様にそんなことをさせるなんて」

「いや、拭かせてくれ。ミーナ姫の可愛い足を拭いて気持ちを落ち着かせるから」

「ええ⁉」

そんなことで落ち着くの？

……タオル。そう言えば、こんなこと前にも。

アタフタしていると将軍がなにがあったかを話し出した。

「アルカ姫が部屋を訪ねてきた」

「部屋を……」

「夜這いだな」

「へっ⁉　よ、夜這い」

「私がミーナ姫を選んだのが、気に入らないようだ。アルカ姫からミーナ姫と仲がいいと聞いて、なにかとついてくるのを我慢していた。だが、さすがに夜に尋ねてこられては困る」

夜這いというと未婚の人が異性に結婚を迫るのにベッドに潜り込むことだ……。

まさか、あのプライドの高いアルカ姫がそんなことをするなんて余程切羽詰まっていたのだろうか。

そこで先ほどの将軍の言葉を思い出した。

今から……今から部屋も共に？

それって、どういう……。

足を拭かれながら私は一気に目が覚めて緊張してきた。

まさか、将軍は私とこれから同衾（どうきん）するつもりなのだろうか。

男女の営みとは裸になって互いに抱き合うと聞いている。

どうしよう……裸になるなら服を脱ぐから、痣が見られてしまう。

肩に塗った色粉はまだ残っているだろうか。

先ほどアルカ姫の前に立っていた将軍を思い出すと血の気がひく。

私が厄災を招くと知ったら将軍の怒りを買うことになるだろう。

ブルブルと震えているとそれに気づいた将軍が話しかけてきた。

「怖がらなくていい。共に部屋で過ごすだけだ。ミーナ姫が嫌がることはしないし、今はアルカ姫を避けるためだと思ってくれていい」

床を共にすることも怖いが、痣を見られて怒られるのが怖い。

問題を引き延ばしにするだけだと思っても、将軍の言葉にホッとしてしまった。

「さあ、寝ていたのだろう。ベッドを使うといい」

将軍はなにかを取ってきてベッドに置いた。私にベッドを譲ってくれるようだ。

「あ……」

そこで、私はベッドに寝かされているものがなにか気がついた。

ご丁寧に枕に頭をのせて寝ているのはディルがプレゼントしてくれたぬいぐるみだった。

「ふわふわして落ち着くのだろう？」

「あの……ありがとうございます。でも、将軍がベッドをお使い下さい。私は体も小さいですからソファで十分です」

「ふむ……しかし女性をソファで寝かせるのは気が引ける」

「でも」

「夫婦になるのだからいいか」

「え？」

「ぬいぐるみを挟めば私もなにもしない。もう夜も遅いから寝よう」

「ええ、と？」

「ほら、そっちに寄ってくれ」

「はい」

さっさとしろとベッドの上に追いやられ、結局将軍と猫のぬいぐるみを挟んで寝ころぶ形になってしまった。

ど、ど、どうしろと。

確かにベッドは私と将軍が寝ても十分なほどに大きい。

大きな体が隣に沈むとギシリとベッドが音を立てた。

私は緊張で心臓がドクドクしてきた。

いつも思っていたけれど、やはり将軍の体は大きい。

しばらく上を向いてぎゅっと目を瞑（つぶ）っていると、将軍の体が動いた気配がした。

薄目を開けて隣を見ると将軍は私の方に背中を向けていた。

途端にホッとする。本当に眠るだけにするようだ。

大きな背中だな……。

大人の男性だ。

気持ちが少し落ち着くと観察できる。

ちゃんと将軍と私の間には猫のぬいぐるみが並べられていた。

そっとぬいぐるみを引き寄せてぎゅっと抱きしめた。

アルカ姫を遠ざけるために……私をここに寝かせているだけ。

先ほど見たアルカ姫はなかなかセクシーなナイトドレスを着ていた。

よく考えたら私のような子供っぽい娘にいきなり迫ったりしないだろう。

緊張して眠れないかと思っていたけれど、次第に瞼（まぶた）が重くなった。

そうして私は夢を見た。

夢の中で私は猫のぬいぐるみと踊っていた。次第にぬいぐるみはディルになる。相変わらず仮面をつけていた。

「お久しぶりですね、ディル。お元気でしたか？」

嬉しくなって話しかけるとディルが笑う。

「実は結婚することになったんだ」

「そうですか」

そう聞いて、おめでとうございますって言わなくちゃいけないのに私は悲しくなった。

「ミミも結婚するんだろう？」

「はい。でも私は人質です」

「人質だって、妻じゃないか」

「きっと相手を怒らせてすぐに離縁されます」

「どうして？」

「だって、私には……」

そこでディルが仮面を取った。それはストレンジ将軍で、私を見て怒りだした。

「私を騙(だま)したんだな」

「それは……」

「厄災の印を持っていたのに」

「ごめんなさい。許してください」

「とんだ王女だ」

「ごめんなさい……ごめんなさい」

私は何度も謝る。これからどうなるのだろう。

怖い……。けれど私には謝るしかできなかった。

そうしているといつの間にか温かいものに包まれた。

「謝らなくていい。ミーナ姫は悪いことはしていない」

怒っていた将軍はいつの間にか猫のぬいぐるみに戻って……。

「え？」

ぼんやりとした視界にまた将軍の姿がある。

そうしてそのまま私の頭を撫でていた。また猫が将軍に戻ってしまっている？

私は泣いていたようで、ゆっくりと近づいてきた将軍の指が私の目尻にたまった涙を拭った。

これは、猫？　それとも。

頭がこんがらがっていると、フ、と笑いかけられた。

「うなされていたぞ。嫌な夢を見たのか？」

その言葉でこれが現実であると認識した。

私、将軍に頭を撫でられている。

頭を……ポンポンって……。

きゃああああああっ……。

声の出ない叫びが私の心の中で響いた。

どうして、こんな近くに？　と驚いていると、自分の腕が絡んでいる先が将軍の腕だったと気がついた。

えっ、えええええっ。私が将軍の腕をがっしりと掴んでいたのだ。

「す、すみませんっ」

ぬいぐるみだと思っていたのは……。はっとして腕からパッと手を離し、辺りを見回すと猫のぬいぐるみは足元に追いやられていた。

「謝ることはない。夫婦になるのだから触れても構わない」

そう言ってポン、と私の頭にまた大きな手が乗った。

その瞬間私は耳まで真っ赤になった。

「これからはミーナと呼ぼう」

「はい」

逃げも隠れもできなくて両手で顔を覆った。

「アルカ姫が勘違いしているようだからもう婚姻をしてしまおうと思う。心づもりしていてくれ」

「あ、あの……それで、いいのでしょうか」

私は痣を隠しているのだ。

「初めから、ミーナに決めたと言っている」

念押しされてなにも言えなくなった。

騙しているのではない。黙っているだけだ。

たとえ、あの見合いの席だけ着飾っていただけでも、選んだのは将軍で……。

どうしたらいいのか、思いつかないまま。

言葉通りに婚姻証明書はその日のうちにサインして済まされた。


「お父様ぁああ、お母様ぁああっ」

次の日、元国王夫婦は国を離れた。ついて行かなかったけれど、アルカ姫は別れを惜しんで泣き叫んでいた。

私はというと、王妃に「やはり厄災を運んできたのね。お前を早くに国から出しておけばよかった」と恨み言を言われた。

父は目も合わせてくれなかった。

夫婦の馬車が遠ざかるのを見て、大泣きしているアルカ姫が気になった。

しかし、私が慰めたところで怒られそうだと声をかけることに躊躇してしまう。

そう思っていると、おもむろにアルカ姫が立ち上がってドレスについた埃を払った。

「はあ、田舎に送られるなんてまっぴらよ。いくらお金を持っていたって田舎の貴族に嫁ぐなんて考えられないわ」

どうやら嘘泣きだったようで、驚かされた。

「お兄様を支えたかったのではなかったのですか？」

私はここに残る理由をそう聞いていた。

王妃はアルカ姫を心の優しい娘だと褒めたたえていたのに。

「そんなの、建前よ。ねえ。今朝婚姻を済ませたって聞いたけれど初夜はまだでしょう？　いい気になってはいけないわよ。お前のその汚らわしい厄災の痣を見ればすぐに離縁されるんだから」

「あの……」

「そうしたら、閣下は私のところへ『間違っていた』と頭を下げにくるに違いないわ」

「なにを言っているのです？　頭を下げるなんてそんなこと」

「昨晩は失敗したけれど、私は上手くやれるもの。なんだかんだ言っても、こうして咎められもせずに無事でいることが証拠よ。お前はさっさと閣下に醜いその姿をさらして嫌われたらいいわ」

アルカ姫は昨晩しでかしたことをまったく反省していないようだ。

ここまで言われてしまったら、私が人質として連れられて行くのがおかしく感じる……。

父も継母ももういないのだし、私が言いつけを守る必要もない。

アルカ姫が代わりに嫁ぎたいのだから、さっさと痣を見せて嫌われたらいいのだ。

でも、嫌われた後は？

私はどうなってしまうのだろう。

ふと今朝、嫌な夢を見たのかと心配して頭を撫でてくれた将軍を思い出した。

一晩一緒に寝て、少しだけ親近感が湧いたのかもしれない。

きっとそこまで怖い人ではない。

私を気持ち悪いと嫌っても、殺しはしないだろう。

その夜、王妃が寄越したメイドたちに仕度を整えられてベッドで将軍を迎えることになった。

痣を見られてはいけないので、髪だけ整えてもらった。

私は正直に痣のことを告白するつもりで色粉も使わなかった。

メイドが持ってきたナイトドレスは肩の痣が丸見えのデザインだったので、それを隠すようにボレロを羽織った。

告白するにしても、いきなりそれを晒すほどの勇気はなかった。

「そろそろ運河が使えそうだ。近日中には帝国に戻り、ストレンジ領に向かう」

部屋に入ってきた将軍はそう告げながら私を見た。

すると初夜の装いをしていた私に驚いているようだった。

「あの」

「怖いのだろう？　無理はしなくていい」

「いえ、妻になりましたから覚悟はできております。けれどその前に」

私がボレロを脱ごうとすると将軍が慌ててその手を止めた。

「私にも理性というものはあるが、さすがに誘われて我慢することはできない。今なら昨日のように背中を向けて眠ることもできるだろう」

私は将軍の言っていることが半分もわからなかった。

夫婦が閨を共にすることは知っていたが、それは互いに裸になってベッドに入るということしか知らない。

その先は夫となる人に任せればいいと習ってきた。

しかし今はそんなことよりも自分の手の上に置かれた将軍の大きな手に眩暈がしそうだった。

ドキドキと早鐘のように胸が鳴る。

「本当の私を見て頂きたいのです」

かろうじてそう言うと再びボレロに手をかけた。

すると将軍はこんな提案をしてくれた。

「では、明かりを消そう。そうすればミーナも少しは怖い思いをしなくて済むだろう」

けれど、明かりを消してしまえば、痣が見えなくなってしまわないだろうか。

「見えないのも困ります」

「月明かりが照らす程度が丁度いいだろう」

それなら痣もマイルドに見えるだろうか、と考えているとシュルシュルと衣擦(きぬず)れの音が聞こえた。

将軍が服を脱いでいるようだ。

確かに男性の裸を見たら私の方が卒倒してしまう自信がある。

ふわり、とその時嗅いだことのある香りがした。

覚えのある香り……ディルに借りたタオルの香り。

そうだ……この香りだ。それであんな夢を……。

ギシリと重みでベッドが沈む。将軍が近くにきた気配にハッとした。

慌ててボレロを脱いで肩を見せようと覚悟を決めて肩ひもを外した。

「ミーナは小さいな。壊してしまいそうだ。初めて見た時から思っていた」

「初めて見た時から？　それはお見合いの時でしょうか」

「いや。俺の馬を湖から引き揚げてくれただろう？」

「え」

「私の名はオーガスト＝ディル＝ストレンジ。あの時は正体を明かせなかった」

その言葉で私は頭が真っ白になった。

まさか、でも……言われてみれば、ストレンジ将軍はディルにそっくりだ。

その体の大きさも。声も。

「ディルなのですか？　でも、髪の色も長さも……」

声が震えた。ふ、と将軍が笑ったのがわかった。

「なんだ、そうか！　それで……どうしてミミが気づかないのか不思議だったんだ。そういえばあの時、仮面をつけた上にかつらも被っていたんだった」

「ディル……」

「そうだ。あの時ミミに一目ぼれしたディルだ。ほら」

そうしてかざされた腕には私があげたミサンガが宝石付きでつけられていた。

間違いなく私があげたものだ。

「一目ぼれ？」

「そうだ。おかしいか?」

「そんな……でも」

「夫婦になったのだから私のことはオーガストと呼んでくれ」

名前で呼ぶように言うオーガスト様を見た。

お見合いの席ならまだしも湖の時の私の格好は酷いものだった。

濡れた古ぼけたドレスを着た娘……。

それを一目ぼれだなんて。

「さあ、夫の名を」

オーガスト様は目が鋭くて怖いけれど、でも精悍な美男子だ。アルカ姫が彼の妻になりたいと思ってもおかしくない。そう、素敵な男性だ。

「オーガスト様」

「そうだ。ミーナの夫だ」

「あ……」

オーガスト様が私の手の甲にキスをした。

「怖いか?」

「……いいえ」

顔を上げるともうそばにオーガスト様の顔がある。

月明かりでもこんなに近くからなら見える。

琥珀色の鋭い瞳にドキリとする。

そうだ、思い出してみたらディルと同じ瞳。

吸い込まれて囚われてしまいそうだ。

ナイトドレスが肩から落ちる。肩の痣は見えているだろうか。

途端に私は泣きそうな気持になった。

ディルには知られたくなかったが、でももう隠すことはできない。

「あのっ、オーガスト様、私の右肩にはひどい痣があるのです」

「……知ってる」

「え？」

「湖で……その、見てしまった。見えてしまっただけで……」

「気持ち悪くないのですか？」

「なんだ、それなら俺の脇腹の傷を見るか？」

オーガスト様は私の手を自分の脇腹に誘導した。

そこには大けがの末にふさがったと見える傷跡があった。

「大きな傷ですね……」

「醜いか？」

「そんなことはありません。あの、でも私の痣は厄災の印なのです。悪魔が肩を掴んだ時に出来た手形だと言われています」

「悪魔の手形か……まあ、聞いたことはあるが」

「私は母殺しなのです。それで、その罪が痣になってここに現れてしまっているのです。ですから……オーガスト様を不幸にしてしまうかもしれません」

一気に言うと涙が零れた。

小さいころからなにか悪いことが起きるたびに私のせいだと王妃に責め立てられた。

私は罪を背負って生まれているのだ。

これできっとオーガスト様は私を嫌いになる。

知らないでいられたときはそれも仕方ないと割り切って思えていたのに、彼がディルだと思えば途端に嫌われるのが辛かった。

必ず迎えに行くと……彼はその約束を守ってくれたのに。

しかし、オーガスト様は私の予想とは違い、優しい声でゆっくりと私に話しかけた。

「泣くなミーナ。子を産んで亡くなる母親は少なくない。出産は命がけなのだから」

「でも……」

「ポーツ国に今までそんなに大きな災害が起きたとは聞いたことはないぞ」

「今回も船が座礁してしまいました」

「そんな事故、今までも何度もあるだろう。しかも今回に限っては負傷者も出ていない。いちいちすべてがミーナのせいなのか？」

「それは」

「ポーツ国は今まで厄災どころか散々私腹を肥やしてきたのだ。それこそ順調にな。今回の制圧こそが厄災と言うなら、それを起こした私はポーツ国にとって死神ではないか」

オーガスト様に言われて言い返せなかった。

そう言われてみると母が亡くなったこと以外に、今まで大きな災害が起こることも暴動が起こることもなかった。

「俺は気にしない。ミーナも気にしないでいい」

「ひゃっ」

オーガスト様が私の右肩にキスをした。その感触に思わず声を上げてしまった。

彼は今、私の醜い痣にキスをしたのだ。

「食べてしまいたいくらいだ」

「あっ……」

そのままぺろりと舐められてしまう。初めての感覚に体が震える。

オーガスト様がディル……。

ずっと気になっていたディル。

初めて恋した人と結婚できるなんて奇跡が起きてもいいのだろうか。

「ミーナ、キスを」

顎を取られて誘導される。顔を向けると唇が重なった。

二回目のキスは初めてのキスよりも目を閉じるだけ余裕があった。

ふわり、と厚みのある唇が私のそれに触れると下唇を挟まれる。

「口を開けて」

言われるまま薄く口を開けるとキスが深くなる。差し込まれた舌が私の口内を探った。

「はあ……っ」

「鼻で呼吸して」

オーガスト様の舌が歯列をなぞると体がゾクゾクとして、自分の体ではないみたいに感じた。

キスに気を取られていると彼の手が私の胸に触れていた。

「はっ……」

フニフニと胸を掴まれて、手を押さえようと動かすとそのまま体を倒されてしまう。

オーガスト様の唇はその間も顎を滑り、首筋を舐めてくる。

私はどうしていいかわからず、与えられる快感に体を震わすだけだった。

鎖骨をくすぐりながら、指は私の胸の先を刺激する。

親指で軽くこすられるとピンと乳首が立ち上がってくる。

それを彼は待っていたように口に含んだ。

「やあっ……」

オーガスト様の舌がペロペロと乳首に刺激を与えるたびに焦れた甘い感覚が体を震えさせる。

びくびくと反応する私の姿に彼は楽しそうだった。

「ずいぶん感度がいいんだな。嬉しい誤算だ」

「ひゃあっ」

軽く乳首を噛まれてしまって体が跳ねた。電流が走ったような感覚だった。

ふうふうと息を吐く私にオーガスト様が次々と快感を植え付ける。

もう彼が触れる箇所すべてにびくびくと反応してしまう。

「気持ちいいな……ミーナ」

「はうううっ」

「上手に感じられて偉いぞ」

褒められると嬉しい。彼の指が下履きにかかってそのまま足から抜かれてしまう。

すっかり何もまとわない姿にされると足の付け根にオーガスト様の手が優しく触れた。

「そ、そこはっ……」

「大丈夫だ。気持ちいいことだけ感じていろ」

「ふああんっ」

彼が再び乳首を口に含みながら下腹部を探ってくる。

さわさわと茂みを分けた指がトントンと一点を刺激し始めると自分の体の奥からじわじわとなにか溢れ出てくる感覚がする。

次第に敏感になるそこは痛いくらい熱くなって、同時に下腹がキュウキュウとなにかを求めてうずいた。

ぬるり、と溢れたなにかで彼の指が滑る。

「な……に？　なにか……へん」

「変じゃない。気持ちよくなると出てくる愛液だ。私と繋がるためにミーナの体が準備している」

「繋がる？」

「そうだ。夫婦は繋がるんだ。ミーナはなにも知らないんだな」

くすくすと笑われてしまって、自分の無知さに恥ずかしくなる。

「ごめんなさい」

「いや……一から教えるのもいい。さあ、力を抜いて」

「んっ」

ニチャ……と音が聞こえると恥ずかしさが倍増した。

私の体がオーガスト様と繋がるために愛液を出している。

……こんなに？

「ふううぅっ」

「ああ、どんどん溢れてくる。ミーナが私を求めているんだ」

彼の指が行き来するたびに水音が大きくなる。

クチャクチャとその指を濡らしてしまっている事実に恥ずかしくてまた体が火照る。

「ここに、繋がる穴がある。ミーナ、まずは指を一本いれるから」

「あ……な？」

「力を抜いておけ。ここだ」

「ひゃあん」

ぐ、とオーガスト様の節だった指が中に入ってくる。

それだけでもかなりの違和感があった。

「狭いな……指をキュウキュウ締め付けてくる」

「ふう……ふう……」

「胸は気持ちよかったよな」

オーガスト様は指を入れたまま、また私の乳首を口に含んだ。

途端にそのしびれるような甘い刺激が体に広がる。

「そうだ……いい子だ。また溢れてきた」

吐息がかかって、それがまた乳首に刺激を与えて身もだえてしまう。

私の反応を見て馴染んできた指を彼が私の中で小刻みに揺らし始めた。

「は、はあっ……はあっ」

「この辺りはどうだ？」

「苦しっ……」

指が中で動くだけでもキツイ……。

「ここをかわいがるか……」

体をずらしたオーガスト様の顔が私の足の付け根に近づく。ぬるり、とやわらかいもので触れられると体が弓なりにのけぞった。

「そんなっ……そこはっ」

慌ててやめさせようともじもじと動いても、彼は容赦しなかった。

私を見てわざと舌を見せつけて舐める。

「ここに、ミーナの感じる真珠がある。私にだけ乱れる姿を見せてくれ」

「ああっ、やあんっ」

熱い舌が這(は)いまわるとますますじんじんと下腹部がしびれた。

ジュプジュプと出し入れされていたかと思うと指を抜いたオーガスト様は両手で左右に私の体を広げた。

「ミーナの可愛い入り口がヒクヒクと蜜を垂らして動いている。もう少し広げてやるからな」

「くううっ」

言うが否やオーガスト様の熱い舌が差し入れられる。

限界まで広げられたそこはもうべちゃべちゃだ。

自分でも見たことのない秘めた場所を彼にさらけ出していると思うだけで体がさらに熱を発した。

「二本……いくぞ」

グイッと今度は指が増やされて入ってくる。

「あああっ」

開かれた太ももがだらしなく快感を得て震えた。

「いい子だ」

チュクチュクと中で指が暴れまわっている。

脳天がしびれてもうわけがわからないほど気持ちよかった。

知らず腰が揺れているのに気づいて呆けていると、オーガスト様が体勢を変える気配がうかがえた。

「ミーナ、繋がるぞ」

「……はい」

「なるべく対処するが先に謝っておく。すまないが我慢してくれ」

「え……？　う、うぐっううつ」

足が限界まで広げられると、指が抜けてぽっかり空いた場所に熱い塊が充てられた。

酷くじんじんと熱い私の穴に明らかに質量が超えた大きなものが押し込まれた。

「力を抜いてくれ。引きちぎられそうだ」

オーガスト様の顔が少し苦しそうに歪む。

なんとか力を抜きたいが、こちらもそれどころではない。

ふうふうと必死に息を吐いていると彼が顔を近づけてきた。

「舌を出して」

言われるまま舌を出すとそれに食らいつくようにキスが始まる。

頭がぼうっとしてくるまで夢中でキスしているとぐいぐいとオーガスト様が体を近づけていた。

「……全部入ったぞ」

「ハア……ハア、ハア……」

どうやらうまく繋がることができたようでホッとした。けれどすごい圧迫感。

「しばらく慣らそうか……」

彼は繋がったまま私の手を取って指を絡ませてきた。

それがひどく官能的でまいってしまう。

行動の一つ一つに私への気づかいが見えると今まで怖がっていたイメージが消えていくのがわかった。

なによりも彼がディルであったことに幸せを感じた。

「より深く繋がるぞ……」

しばらくそのままでいたオーガスト様がゆっくりと腰を動かした。

中が引きずられるようなその太さにふうふうと息を逃していると、じわじわとまた愛液が溢れてくるのが自分でもわかった。

「痛くないか？」

あんなに怖かったのに気づかってくるオーガスト様が可愛く思えてしまうのが不思議だ。

かろうじて首を横に振ると彼が軽く頬にキスをした。

「すまないが、限界だ」

彼はそう私に告げると、ドン、と私の奥を打った。

その刺激で目から火花が散りそうだった。

「ああうっ」

そこからは体が大きく揺さぶられて記憶が曖昧だ。

ただ、激しくて、まるで嵐がきたようだった。

「ああっ、ああっ」

快楽の渦に飲み込まれ、喉が枯れるほどに声を上げた。最後はもう、なにがなんだかわからなかったが、ちゃんと夫婦の営みが終わったことはわかった。

「ミーナ……。無理をさせた」

フウフウと息をする私にオーガスト様は優しく抱きしめてキスをくれた。

私は彼と深いところで繋がれて、幸せを感じていた。

最後は激しかったが、大切に扱われたことがとても嬉しかった。


次の朝、目覚めるとオーガスト様が私の髪を耳にかけているところだった。

驚いた私は目をぱちぱちとして彼を見ていることしかできなかった。

いつも鋭い瞳が今は優しい光を放っていた。

「無理をさせたな……。今日は十分体を休めるといい。ほら、大事なものだ」

そう言ってオーガスト様は猫のぬいぐるみをよこしてくれた。

私はただ恥ずかしくてそれを受け取るとぎゅっと顔を隠すように抱いた。

「もしかして、ミーナは私がそれをプレゼントしたから大切にしてくれていたのか?」

オーガスト様に聞かれてますますぬいぐるみに顔を埋めた。

「大切なお誕生日のプレゼントですから……」

小さな声で答えると彼が息をのんだ。

「こら、顔は隠すな。キスができない」

その言葉が理解できなくてチラリと見ると彼の手がぬいぐるみを取り上げて、私の顎を持ち上げた。

ちゅっ……。

昨晩の濃厚なキスではなく、甘い、軽いキス……。

きっと、私の顔は真っ赤だ。

「いろいろと片付けることがある。しかし、明日にはここを発てるだろう。早く体調を治してくれ」

オーガスト様はそう言い残すと部屋を出て行ってしまった。

どうしよう……。

夢の中にいるみたい。

昨晩、彼はとても……。

思い出すとカア、と体が熱くなった。夫婦がベッドであんなことをしているなんて知らなかった。

知らなかったけれど、彼はとても優しかった。

ここで、受け入れたのか。

下腹を押さえると妙な感じがした。体に不快感はなかったけれど、一度汗を流したかった。

ゆっくりとベッドから下りると、床に置いた足が震えた。

足の付け根がガクガクしている。

それでも時間をかけてバスルームに向かう。歩いているとトプリと秘所からなにかが零れた感触がした。

「え」

月のものには早いと指ですくうと白濁した液体が零れてきていた。

これは……オーガスト様の……。

そう思うともう恥ずかしくていたたまれなかった。

彼の子種をもらったのだ。それもたっぷりと妻として……。

内またに力を入れて歩いてバスルームに着くと私は体を清めた。

「着替えも用意してある……」

私の行動は想定内だったのかバスローブとシンプルなドレスが用意してあった。

「痣が隠れるデザイン」

肩がしっかり隠れるデザインは意図的なものなのか。どちらにせよ、ありがたい。

朝の光の中で私の肩を見ただろうに、オーガスト様が気にしている様子はなかった。

「ほんとうに……平気なのかしら」

大きな鏡に映る私の肩には馴染みの大きな痣がある。

しかし、今日はそれだけでなく、体のあちこちに赤い花びらのような跡が散らばっていた。

「これは……」

不思議に思って指でなぞると昨夜のことが思い出された。

そう言えばオーガスト様が肌を吸っていた場所だ。

うっ血しているのだと思いあたると、また顔から火が出るような恥ずかしさがこみあげてきた。

全て知って、メイドをこさせないように手配してくれているなら、優秀過ぎる。

その後は部屋で一人で過ごした。

彼がすべて手配してくれていたみたいで食事も勝手に運ばれてきた。

夕方に部屋に戻ったオーガスト様は私の額にキスをすると「ただいま」と言った。

「……おかえりなさい」

言葉一つにとても照れてしまう。

私はすでに彼に心を許し始めていた。

あんなに濃厚な夜を過ごしたのだ。特別な感情を持ってもおかしくはない。

「ミーナはこの本が好きなのか？」

昼間、暇ができて本を読んでいたので、彼の目についたようだった。

「私の母の母国の本なのです。私の名前は花の名前からとってつけてくれたと聞いています」

「ルクエル国か。どんな花なんだ？」

そう聞かれて私はパラパラと本を捲った。

そうして絵の描かれた箇所をオーガスト様に見せた。

「この、薄紅色の花です」

「なるほど、ミーナの瞳の色だ」

「え……」

「ミーナの名は瞳の色で決めたのかもな」

「いえ」

「ん？」

「……そんなはずはありません。母は、私の命と引き換えに死んだのです」

思わず強く言ってしまった。オーガスト様も私の態度に驚いている。

「じゃあ、どうして母親がその名前を付けたと知っているんだ？」

しかし、少し考えてから彼が私に疑問をぶつけた。

「それは、エルダが……」

エルダが教えてくれた。

あれ……そういえば、勝手に母が女の子が生まれたらつけようとして用意していた名前だと思っていたが、男の子だった場合などは聞いていなかった。

もしかして母は私と対面してから亡くなっていたのだろうか。

「エルダとは産婆か？」

「いえ、母の侍女だった人です。私の侍女もしてくれていましたが、三年前に母国に帰されてしまいました」

「……そうか。それで今は誰もついていないのか。酷いな。ハア……さっさとここを離れよう。ミーナはここで大切にされていなかったようだ」

「オーガスト様は……」

本当に側妃の子でしかない私をただ一人の妻にするつもりなのですか。

そう、聞きたくて……聞けない。

きっとドレスをそろえてくれたのも、侍女の心配をしてくれたのも、私の内情を知ったからだろう。

偽ることもできないけれど、知られたかと思うと恥ずかしい。

オーガスト様を優しい人だと思っていいのだろうか。

ディルと同一人物なら……。

私を祭りに誘って一緒に楽しんで、初めて楽しい時間をくれた人。

でも、私は彼が初恋だったとしても、オーガスト様は？

帝国の皇帝の弟が価値もないポーツ国の鼻つまみ者の王女をどうして選んだのだろう。

本当に一目ぼれ？　馬を引いていた濡れネズミの私を？

にわかに信じがたい。

「聞きたいことは聞いていいぞ」

黙ってしまった私にそう切り出してくれる。

それでもこの人と結婚できたことは奇跡なのだ。

私はフルフルと首を横に振った。

「ストレンジ領に行くのが楽しみです」

今はそう言うので精一杯だった。

次の日、私はもう誰とも顔を合わさずポーツ国を離れた。これでアルカ姫にも異母兄にももう会うことはないだろう。ポーツ国に未練など一つもなかった。

「おいで」

オーガスト様にエスコートされて船に乗り込み、帝国を目指す。

船上から陸を離れていくのを眺めると様々なことが思い出されたが、それはあまりいい記憶ではなかった。

初恋の人と結婚して、ポーツ国を離れるなんて思いもしなかったことだ。

オーガスト様は厄災の印も気にしないと言ってくれた。

彼に何か思惑があろうとも、今はそれでいい。

「風が強い。船室に入ろう」

「はい」

彼が私の肩にコートをかけてくれて、そのまま船室に入った。

ポーツ国を離れ、これからどう生きていくのか想像もつかない。

私に帝国の将軍の妻が務まるのだろうか。

いや、それよりもいつまで優しく接してもらえるだろう。

そんな不安を抱えて船は運河を進みだす。

あの夜から一度も顔を合わせることのなかったアルカ姫が、私たちの乗る船が見えなくなるまで睨んでいたことを私は知る由もなかった。

第三章　帝国と結婚式

「帝国に寄ってからストレンジ領に入るのだが、結婚の報告もすることになっている」

船室に入るとさらりとオーガスト様にそんなことを言われてしまう。

「それは、皇帝に挨拶するということでしょうか」

「皇帝だけでなく、私の両親もミーナに一目会いたいと言っているんだ」

それを聞いて血の気が引く。皇帝や先代に直接会うことになるのだろうか。

「そ、それは……大変ですね」

「みな、私の花嫁に興味津々なんだ」

「花嫁……」

「ついでに帝国に滞在する間に結婚式を挙げるように……だと。どのみちお披露目（ひろめ）はしないと収まりがつかないので、これは決定事項だな」

「結婚式を挙げるのですか？」

「式を挙げないと思っていたのか？」

「そうではありませんが、その……」

「なにか問題でもあるのか？」

「私で、恥ずかしくありませんか？」

「恥ずかしい？」

「立派なオーガスト様に似合ってません」

「自信がないということか？」

「自信もなにも、みんなそう思うでしょう」

「みんなとは誰だ？」

オーガスト様が私に質問してくる。その言葉に私は答えられなかった。

そうだ……『みんな』って誰だろう。

黙ってしまった私に彼が優しく頭に手を乗せた。

「ミーナの基準はポーツ国の基準なんだろう。『みんな』とはポーツ国の人々で、それはミーナを虐げてきた者たちだ。けれど、これからは私の基準に従ってくれたらいい」

「オーガスト様の基準？」

「ああ、そうだ。ここにいるのはみなに恐れられるストレンジ将軍を夢中にする妻だ」

「夢中……？」

「証拠が欲しいか？」

そんなものがあるなら欲しいにきまっている。そう思っていたらオーガスト様が私を後ろから包むように抱きしめた。

「あ、あの……」

「君に夢中の私にキスをくれればいい」

ゆっくりと体をオーガスト様に向けると熱い視線で見られている。

本当に私に夢中だなんていうのだろうか。

キスをくれと言いながら彼がかがんで私の唇を奪った。

「ん……はあ……」

息継ぎに口を開けるとオーガスト様の舌が入り込んでくる。

舌が擦りあう感覚に酔って夢中になるのは私の方だ。

「ミーナ……体は辛いか?」

オーガスト様が気づかってくれる。

昨日繋がった場所はまだひりひりしていた。

あんなに大きなものが入ったのだから当然かもしれない。

「まだ、その、少し痛いです」

「やはりそうか。歩き方もぎこちなかったからな」

指摘されて恥ずかしい。もしかして他の人も気づいていたのだろうか。

「すみません」

どうにもスマートにできない。面倒だと思われたくないのに。

「薬を持ってこさせよう。そこに座って少し待っていろ」

そう言って彼は私をソファに座らせて部屋を出て行った。

離れていった温もりが寂しくなる。もっとキスがしたかった。

こんなことでがっかりしているなんて、やっていけるのだろうか。

ソファでうつむいているとトントン、とノックの音が聞こえてきた。

オーガスト様かな、と思った私がドアを開けるとそこには大人の女性が立っていた。

「どちら様ですか？」

「閣下に頼まれて薬をお持ちしました」

なかなか色気のある金髪の女性だ。シンプルな紺のドレスを美しく着こなしている。

自分の魅力をわかっていないとできない装いだと感心した。

「ご苦労様です」

薬を受け取ろうとすると女性が私をジロジロと観察した。

「閣下の奥様はずいぶんと若い侍女を連れておられるのね」

その言葉になにも言えなくなる。この女性は私を侍女だと思ったのだ。

それも……若いと。

「お薬は患部に塗ってさしあげるといいわ。あなたも帝国へは初めてなの？」

「え……あの、はい。初めてです」

「そうなのね。私はメアリーよ。帝国から呼ばれて奥様の世話を頼まれているの。医療の心得もあるから安心していいわよ。一緒に奥様をお支えしましょうね」

「よ、よろしくお願いします」

「さっそくだけど、奥様にリラックスできる香を焚いて差し上げたいの。好みの香とかあるかしら」

「香を焚くことはなくて……」

「まあ……そうなのね。風習が違うかしら……でも船旅が続くから香を焚いてリラックスして体調を整えて差し上げたいわ」

「あの」

「なあに？」

「私っていくつくらいに見えますか？」

「いくつって……十五歳？　くらいかしら」

ひゅっ、と喉がなってしまった。

まさかそんなに幼く見えていたなんて。

「ごめんなさい、違ったかしら。そんなに落ち込まないで。確かに幼く見えるけれど、あなたってとっても可愛らしいわ。それに、銀髪って帝国ではモテるのよ」

「……十八歳なんです」

「あ……あらあ……。まあ、ほら、ちょっと細すぎるのが原因かも。閣下は太っ腹だから侍女だって美味しいものをたくさん食べさせてくれるわよ。後でおいしいもの持ってきてあげる」

無言になった私をフォローしてメアリーが部屋の奥に入った。

そして小さな扉まで確認して首をかしげていた。

「奥様はどちらにいらっしゃるの？　そういえばあなたのお名前は？」

彼女が不思議そうにしている後ろからオーガスト様が現れた。

「ミーナ、帝国から呼び寄せた侍女がこっちに……。ああ、メアリー先に来ていたのか」

オーガスト様の言葉にメアリーが固まった。

そして私とオーガスト様を見比べて目を見開いていた。

「あの……改めまして、ミーナです」

語尾が小さくなってしまったのは許してほしい。

私も衝撃的だったのだから。

「あ、あのっ！　失礼いたしました、ミーナ様！　誠心誠意、本日から務めさせていただきますので」

メアリーはこちらが申し訳なくなるくらいに縮こまって頭を下げた。

勘違いしてしまったのは仕方ない。

彼女は体調も気づかってくれて優しかった。きっと悪い人ではないだろう。

第二王女が侍女の一人も連れずに嫁ぐなんてないだろうし、ポーツ国を出るときは母の思い出のドレスが着たいと言って古ぼけたドレスを着てしまっていたのだ。

それに……私が子供っぽいのもわかっていたことだ。

「もう挨拶は済んだのか？　メアリーは私の部下の妹で、ちょっと早とちりなところもあるが、医療にも精通している優秀な人材だ。きっとミーナの助けになるだろう」

今まさに早とちりを発揮してしまったメアリーはますます縮こまってしまった。

「お薬を持ってきてくれました」

「そうか。これはどうやって使うんだ？」

「直接患部に塗る軟膏です」

「患部……自分では塗れないだろう？」

「私にお任せください」

「……あの、自分でします」

「お、奥様……」

「ご、誤解しないでください。恥ずかしいのでそうしたいだけです。どうしても無理な時は呼びますから」

シュンとするメアリーには悪いけれど、今会った人に塗ってもらうなんてちょっと無理だ。きっと鏡を使えばなんとかできるに違いない。

私は薬を受け取ると一度部屋を出ていくようにお願いした。

一人で奥の部屋のベッドに上ると大きめの鏡を置いた。

そこに映る銀髪の女の子は改めて見ても同年代の子より幼い。

お見合いの時に集まったメンバーを思い浮かべてもそれは歴然としていて、今気づいたのに呆れるくらいだった。

急にオーガスト様の隣に立っていた自分が恥ずかしくなった。

みんな兄妹のように見ていたのではないか……いや、兄妹ならまだしも、親子に見えていたら……

そう思うとひどく落ち込んだ。

そもそもこのドレスだって、自分の感傷に浸ってないでオーガスト様のことを思えばちゃんとそろえてもらったドレスを着ればよかったのだ。

どこか彼が許してくれるから、と甘えていた自分に怖くなった。

ちゃんと周りを見ていないとどこで足をすくわれるかわからない。

隙を見せたら付け込んでくる人も少なくないのだから。

そろそろと下着を取ってスカートを持ち上げると足を開いた。

カパリ……と薬の蓋をとると上品な匂いがした。

薬を指ですくって塗ろうとしたが、鏡を使っても患部はよく見えなかった。

こんな姿……情けなさすぎる。

しかも夫に恥ずかしげもなく痛いだなんて告げなければよかった。

きっと子供っぽいとオーガスト様も思ったことだろう。

「んっ……」

とりあえず痛みがあると思うところに薬を塗ることにした。

指を這わすと、昨日の情事が思い出された。

そういえばオーガスト様はここを口で……。思い出すとなんだか変な気分になってしまった。

ダメだ、無心になって薬を塗らないと。

「ここかな……」

どうやら入り口が痛むようだったのでその形に添って薬を塗りつけた。

そうしているとオーガスト様が『真珠』と表現した場所を指でかすめた。

「ふっ……」

そこは彼の舌で可愛がられたことで欲望を覚えさせられていた。

もう、嫌だ。

すっかり自分が快感を求める体になっていることに気づくと、また恥ずかしくてたまらなかった。

ガシャン
その時、足が動いて鏡を下に落としてしまった。

「ミーナ⁉」

音に驚いたオーガスト様が心配して見に来てくれたのだけど……。

こんな姿を見られたくはなかった。

パッと足を閉じてスカートを引っ張る。

「大丈夫ですからっ。ちょっと足が当たって鏡がベッドから落ちてしまったのです」

鏡が割れていないかベッドの下をのぞくと無事のようでホッとした。

オーガスト様が心配して近寄ってくる。

私はすぐそばに脱いだ下着を置いていたので気が気じゃなかった。

なんとかオーガスト様にそれを見せまいとシーツを被(かぶ)せた。

「気にしなくていい。昨日私は隅々までミーナの全てを見ているから」

「う」

その発言が何倍も恥ずかしいとわかっているのだろうか。

「薬はちゃんと塗れたのか？」

「はい」

「ちゃんと中まで塗ったほうがいいとメアリーが言っていた」

「なっ……」

「私が、塗ろう」

「えっ」

「君を傷つけたのは私だから、私が塗るのがいいだろう」

どこからどうなってそうなるのかわからなかったが、正直なところ自分で指を入れるのは怖い。

「でも……」

「さあ、足を開いて」

泣きそうになりながら足を開くとオーガスト様が次の指示をしてきた。

「スカートもたくし上げて」

昨晩、どこもかしこも見られているのだ、そう心で唱えてスカートを持ち上げる。

顔から火が出るんじゃないかと思うくらい恥ずかしい。

「入り口はちゃんと塗ってあるな……」

オーガストは指にたっぷり薬をつけて指を中に入れてきた。

つぷり……とすんなりと私はそれを受け入れる。

「ふっ……」

薬を塗るためにオーガスト様の指が肉壁をこする。

その刺激で押さえていても声が出てしまった。

「あ……うっ」

簡単にぶり返す熱は彼の指に快感を求めるように吸い付く。

無意識に指を締め付け、奥をぐりッとされると腰が揺れてしまった。

「感じているのか」

奥から愛液が溢れてきているのを指摘されて泣きたくなった。

「ふううっ」

「泣くな。私に触れられて感じるのはかまわない」

そろりと見上げるとオーガスト様も私を見ていた。

「……わないで」

「なに？」

「嫌わないでくださ……」

「そんな顔をしちゃいけない。それは男を誘う顔だ」

誘ったら、乗ってくれるのだろうか。

みすぼらしくて侍女に間違われ、十五歳に見られてしまった私なのに。

「誘われて……くれますか」

「痛いのだろう？」

「く……薬を、押し込んでください」

「傷が治ってから……」

「オーガスト様が欲しいの」

「っつ……。どうなっても知らないぞ」

「奥に……奥にください」

オーガスト様の両肩に手を置くとキスが始まった。

「ミーナ……ハア……痛くなったらすぐ言うんだ」

「はい……平気ですっ……ああ」

胸をはだけさせられるともう痛いくらいに胸の先が尖っていた。

そこもまだ昨晩の情事が色濃く残っている。

「ミーナは胸が弱いから、気が散るように自分でかわいがってごらん」

言われて自分の指でクリクリと先端を押しつぶすように刺激した。

足を限界まで開くと入り口を滑った大きなオーガスト様の分身がぐっと私の中に潜り込んできた。

昨晩よりもずっとスムーズに入ってくる。

「ふあっ」

「奥に薬を押し込むぞ」

コクコクとうなずくと、オーガスト様が腰を揺らしてゆっくりと出し入れし始めた。

チャプチャプと恥ずかしい水音と共にガクガクと体を揺らされる。

痛かったはずなのに、今はじれる奥を刺激してほしくてたまらなかった。

「奥……ハア……ハアッ」

「奥が気持ちいいのか」

「くださ…っ」

いちどそれを覚えてしまうと、求めてやまない。私を満たしてほしくてたまらない。

「くうっ」

オーガスト様が低く唸(うな)ると奥を熱く打たれる。

体が揺れてその甘い衝撃についていくのがやっとだ。

「いくぞっ」

「はあああんっ」

ぐっと腰を掴まれ最奥が刺激される。じんじんとしびれていた感覚がスパークして、オーガスト様が白濁を放ったことに喜びを得た。

「まったく……悪い子だ」

「ごめんなさい」

一息ついて彼にそんなことを言われる。

それでも求めることは止められそうになかった。

この立派な人が自分と繋がるのだ。

私に欲情し、汗をこぼして。

「もう一度薬を塗るからな」

「はい……んっ……」

「……掻き出しておくか」

「ふ……え、あっ」

オーガスト様が指に薬をつけてまた私の中を探ってくる。

敏感になっている中はすぐに快感を拾ってぐずぐずになってしまう。

「まったく……目に毒だな。先に達しておくといい」

「ああっ、あああんっ」

オーガスト様に中をかき混ぜられるとまた体が火照る。

しかし強い刺激に体がはじけてしまいそうなのに、達したばかりだからか気持ちが焦れるばかりで快感が突き抜けずに溜まる一方で辛い。

「うまく達せなくて辛いか？」

「ひっ……ううっ、ああっ」

オーガスト様が白濁を掻き出しながら胸の尖りに舌を這わしてくる。その刺激に体がしなる。

「イきたくなったら申告しろ」

「イ……イきそうですっ……はあっ」

「私の前ならどんなに淫らになってもいい」

「ひいいんっ」

カリッと軽く乳首を齧(かじ)られ、同時に指で真珠がコリコリと刺激されると溜まっていた疼(うず)きが一気に解放された。

「イ、イきますっ。あああっ、ダメッ……そんなにしたらっ！」

「イけっ」

「ああああああっ！　あああっ」

突き抜ける快感に背中を反らせて達してしまう。ガクリと力が抜けた体をオーガスト様が支えてくれ、ゆっくりと寝かせてくれた。

「すこし眠るといい。ちょっと外の空気を吸ってくる」

「オーガスト様……」

「そんな顔をするな。ちょっと自分の頭を冷やしてくるだけだ。このままだと際限なくミーナを抱きつぶしてしまいそうだ」

その言葉にドキリとして、それでもいいと思ってしまう。

けれど彼はさっと服を纏(まと)うと私の頭を撫でてから出て行ってしまった。

「ふう……」

このままではオーガスト様に依存してしまいそうだ。

私の方がずっと彼に惹(ひ)かれて……夢中になってしまっている。

一度目は強請って……二度目は一人で達してしまった。

それも、彼の目の前で、彼の手で……。

思い出すとカアッと顔が熱くなる。なんて大胆になってしまったのだろう。

けれどあんなことになって薬がちゃんと塗れたわけもなく、しばらくするとじんじんと中が痛んだ。

私はオーガスト様と共にメアリーに注意を受けて、体を合わすことはしばらく禁止になった。

「陸が見えてきたぞ。陸路から半日でハルレーニア帝国の中心部に着くだろう」

船上で三日過ぎた頃にやっと陸が見えてきた。

その頃には申し訳なさそうにしていたメアリーもすっかり私の侍女として働いてくれていた。

「さあ、港に着くまでに仕度を終えますよ。髪型はどうされますか？」

「あの、お、大人っぽく……してください」

「えっ……あ、あの、奥様、私が失礼なことを言ったばかりにすみません。今は、その、なんていうか危うい色気があるっていいますか……いえ、その、ではサイドをみつ編みにしましょう！」

船を下りたらオーガスト様の隣に歩くのだ。幼く見られたくなかった。

「ドレスもそれで選んでほしいの。オーガスト様が恥をかかないように」

「大丈夫です。奥様はもともとお美しいのです。お化粧もしますから。それに、ふっくらされてきて、ますます魅力的になっておられます。私の言ったことは忘れてください」

そういわれても、はいとは思えない。

オーガスト様は二十五歳。七つも上の大人な彼に見合う女性になりたい。

怖いなんて思っていたけれど、今はその鋭い瞳も魅力的だし、声もたまらない。

アルカ姫が夢中になっていたのもわかる。こんなに素敵な人はいないもの。

「誰が見てもオーガスト様とお似合いですよ」

ひらひらしていないドレスを選んで、お化粧もしてもらった。

鏡に映った私はいつもより大人っぽく仕上げられていた。

「メアリーってすごいのですね」

「いえいえ、ほんっとうに、奥様はおきれいですからね？　ああ……あの時の自分を殴ってやりたいです」

「仕度は済んだか？　もう着くぞ。ああ……これはきれいだな」

部屋に入ってきたオーガスト様が私を褒めてくれたので安心する。

「そうですよね！　奥様は最高に美しいですよね！」

メアリーが後押しして言うので苦笑してしまった。

「おっと……」

船が揺れてオーガスト様が私の腰を支えてくれた。

私はそれをいいことにオーガスト様にピタリとくっついた。

「着いたようだな。では、行こうか」

そのままエスコートされて私は陸に着いた。

帝国で皇帝陛下に会う……不安だらけだけれど。

なんとか恥じないように胸を張っていられたら、と気持ちを引き締めた。

今日はヒールの高い靴にしてもらった。

でも隣に立つオーガスト様の顔ははるか上にある。

これじゃあ、大人と子供だ。見た目だけでもなんとかしたいのに。

メアリーの言う通り、もっとしっかり食事をとらないといけないな。

胸ももうちょっと育ってもいいはずだ。

「こちらの馬車へどうぞ」

港には立派な馬車が迎えに来ていた。

オーガスト様は当然のように私をエスコートしてそれに乗った。

「緊張しているか?」

「はい」

「ちょっと……変わっているが悪い人たちじゃない」

「はい」

カチコチになっている私の頬にオーガスト様の指が優しく触れる。

大人で素敵な人……。

恋って怖い。もう以前のように割り切って彼を見る自信がない。

「これで少しは気がまぎれるか?」

オーガスト様は鞄から猫のぬいぐるみを出して私に渡してくれた。

「子供じゃありません」

「それはそうだ。私は子供とあんなことはしないからな」

「……っ」

耳をくすぐられてオーガスト様の色気にノックダウンさせられる。

どうしよう。

これ以上籠絡(ろうらく)させられたらすべて投げ出してしまいそうだ。

結局ぬいぐるみを胸にぎゅっと抱いて気持ちを落ち着かせることにした。

それを見る彼がニヤニヤしていたなんて私は気づかなかった。

帝都に入ると道の舗装がよくなったのか馬車の車輪の音が変わった。

窓の外には近代的な美しい街並みが広がっていた。

ポーツ国から出たことのない私でもわかる、この壮大さ。

とにかく建物の一つ一つが大きくて迫力がある。

建築物が上に高くて、それだけの技術力があることを物語っていた。

「珍しいか」

「はい……素晴らしい建物ですね」

上手く伝えきれなくて目を奪われるばかりだ。

そして前方に見えてきた宮殿の規模にはもっと驚いた。

まず、宮殿に続く広場がもうすごかった。

人を二倍にしたような大きな彫像が広場を囲むように左右にたくさん並んでいて、その規模がもう村ひとつ入るくらい大きいのだ。

それなのに彫刻は精巧につくられていて今にも動き出しそうだ。

建造物の繊細さも、装飾の素晴らしさもため息しか出ない。

呆気に取られている間に馬車が宮殿の入り口に停められ、オーガスト様のエスコートで馬車を下りた。

案内された宮中も、柱の大きさに驚き、天井の高さに圧倒され、床の大理石の輝きに足を置くことさえ躊躇しそうになった。

そうしてクラクラしながら行き着いた先に衛兵の守る扉が現れる。

この扉は六枚の物語に分けられて彫刻してあり、その表現力も圧巻だった。

中に入ると真正面の玉座に座り、こちらを見ている皇帝陛下がいた。

左右には彼を守る騎士が立っている。

「おもてを上げよ」

声がかかって私はオーガスト様の隣で顔を上げた。

今年四十五歳になるという皇帝のジェイド様は私を面白そうに見ていた。

「ミーナ＝ストレンジでございます。よろしくお願いします」

「そうか。婚姻は先に済ませたのだな。惜しいな。私が証人欄の署名をしたかったのに。おおかたライナーに書かせたのだろう？」

「その通りです。兄上」

「ライナーはどうした？」

「後処理があるのでポーツ国に残してまいりました」

「……まあ、適任か。今回のことは褒美を取らせる。よくやった」

「ありがたき幸せ」

「ミーナと言ったな。オーガストは目つきは悪いがいい男だからな。遠くからストレンジに嫁いできて寂しいだろうが夫を頼ってやるといい」

「はい」

「それとオーガストのことも支えてやってくれ」

「はい！」

「いい返事だ」

決意を込めて声を出すと皇帝が笑いかけてくれた。

オーガスト様の言うように兄弟の関係は良好のようだ。

話が終わると今度は両親の所へ行くと言われた。


皇帝の母親が亡くなり、十八年経ってから後妻として娶ったのがオーガスト様の母親らしい。

彼女は平民だが、大きな商家の娘なのだという。

先帝は玉座をジェイド様に譲ることを引き換えに彼女と宮殿に住むことを許された。

その時ジェイド様にはすでに跡継ぎもいたので勢力争いを避けるために、オーガスト様の母親は籍を入れずに先帝と暮らすことを選んだ。

婚姻はしていないが先帝は彼女を『妻』として扱っているし、公でも認められている。

ただし、子どもができた場合、その子どもには継承権は発生しないことが条件だったので、オーガスト様には皇族としての籍はない。

宮殿の外れにあるその宮は華美な本宮と違い、花々が茂る温かい雰囲気の場所だった。

ここで先帝とオーガスト様の母親は暮らしている。

使用人に来訪を告げて待っているとしばらくして中に通してもらった。

「オーガスト！　久しぶりね。ポーツ国のことは聞いたわ。ご苦労様でした。あっ……この方が？」

飛び出てきた女性はオーガスト様とハグをしてから私の方を向いた。

「初めまして、ミーナ＝ストレンジです」

「まあ、素敵な娘さんね！　私はオーガストの母のアンリというのよ。よろしくね」

朗らかに笑う女性は黒髪の美しい女性だった。

「帝都に着いたばかりなんだ。兄さんのところも挨拶してきた」

「そう！　ジェイド様もお喜びになったでしょう」

「興味津々でミーナを見ていたよ。後で根掘り葉掘り聞かれそうだ」

「ふふふ。しょうがないわよ、貴方が可愛くてしょうがないのだもの。疲れたでしょう？　すぐにお茶を用意するわ。まずは座ってちょうだい」

促されてテーブルに着くとコロコロと笑う彼女の隣には初老の男性が穏やかに座っていた。

先ほど会った皇帝陛下が歳をとったように見える風貌。

この人が先帝陛下……ハルレーニア帝国を大きくしたという人物だ。

ロマンスグレーで琥珀色の瞳をしている。

オーガスト様と同じ色だと思わず見てしまうと、それに気づいたのか目を細めて笑いかけてくれた。

あ……皇帝陛下を見た時にも思ったが、笑うとこの三人は似ているんだ。

「オーガストに似ているか？」

私の心の内を読んだように先帝陛下がそう言った。

「はい。笑うと似てらっしゃるんですね」

「オーガストのことが好きらしいな。よかった」

「え、ええと」

次々と言い当てられてしまってどぎまぎする。

「ミーナが驚いているから人の先を読むのはやめてくれ。父は洞察力がすごくてね。初めて会う人はみんな驚くんだよ」

「素晴らしい能力をお持ちなんですね」

「ははは。年の功だからできる、あてずっぽうさ」

さらっと笑っているが、それが逆に真実味(しんじつみ)がある。

それからオーガスト様の幼少期の話をしてもらった。

「空を飛ぶんだって言って、シーツに竹ひごをつけたものを背負って塀を飛び降りてね……」

「母さん、やめてくれよ、そんな話」

小さいころの暴露話をされてオーガスト様が口を尖らせた。

始終和やかな雰囲気で時間が過ぎ、そろそろお暇しようとオーガスト様に促されて席を立った。

これからのことを心配そうにアンリ様が尋ねた。

「今日はこちらで泊まっていくのでしょう？」

「いや。外の屋敷に泊まる」

「あなたも結婚したのだし、辺境伯としてストレンジ領も賜った。もう気にしなくていいのよ」

「ロジルの爺様も私の妻を見たいと待っているんだ」

「まあ……情報が早いわね。それじゃあロジル邸のほうに泊めてもらうのね」

「ああ」

「結婚式と披露パーティの手配は任せて頂戴。ミーナちゃん、またいろいろと打ち合わせをしましょう」

「ありがとうございます。お義母様」

「では、お爺様によろしくね」

「わかった」

二人のやり取りを隣で見ていると先帝陛下がすっと寄ってきて小声で私に耳打ちした。

「オーガストは少々我慢強くて心配でな。理解して助けてやってほしい」

その様子がとても優しくて。なんだか羨ましくなった。

それから宮殿を後にした。

てっきりそのまま滞在するものだと思っていたから驚いた。

「これからロジル商会の会長をしている祖父の屋敷に行く」

「オーガスト様のお母様のお父様ですか？」

「ああ。貿易商をしている。欲しいものがあれば強請ってやってくれ」

「さすがに……そんな」

「なに、ミーナが欲しいと言えば喜ぶだろう」

これから初めて会う人に強請るなんてできそうもない。

私はオーガスト様に曖昧に笑った。


「オーガスト様、ご当主様がお待ちです」

大きなお屋敷に着くと歓迎ムードで奥の部屋に通された。

貴族のお城より立派なお屋敷である。

どうやらオーガスト様のお祖父様はかなり裕福な商人なのだろう。

「祖父は母が舐められないようにと帝都にこの屋敷を建てたんだ」

キョロキョロしているとそう説明された。

しばらくしてドタドタと音がしたかと思うとドアがバーンと開いた。

「オーガストおおおおっ！　待ってたぞおおっ」

「はは。元気そうでよかったよ」

ガバリとオーガスト様を抱きしめる恰幅のいいお爺さん。

どうやらこの人が彼の祖父らしい。

そうしてオーガスト様との再会を喜んでから、ふと私の方に視線を向けた。

「お、なんだ。、このちんまいのはっ！　か、か、可愛いのぅっ！　これが嫁か⁉　おおおおおっ」

「初めましてオーガスト様のお祖父様。ミーナです」

「ほう！　ミーナ！　可愛らしい名だ！」

とても勢いのある人である。あと、声も大きい。

たじろいていると後ろから申し訳なさそうに白髪をまとめたふっくらとした夫人が顔をだした。

「トニー、オーガストのお嫁さんが驚いているわ。初めまして、オーガストの祖母のランよ。こちらは夫のトニー。よろしくお願いしますね」

「ミーナです。よろしくお願いします」

「ほほほ。ほんとに可愛らしいお嬢さんね。さあさ、疲れたでしょう。詳しいお話は夕食の時にしましょうね。まずは客間で一息ついてらっしゃい。誰か、荷物を客間に運んでちょうだい。」

そうして簡単な挨拶を済ますと私たちは客間に通された。

「大歓迎だったろう？」

「はい。みなさんオーガスト様が大好きなんですね」

私がそう言うとオーガスト様は恥ずかしいのか頭をかいていた。

思っていたより彼は暖かい家族で育ってきたようだ。

そういえば初め彼は私とアルカ姫が仲が良いと疑っていない節があった。

きっと自分と照らし合わせて、仲の悪い姉妹は想像できなかったのだろう。

羨ましい……素直にそう思った。

側妃の子としていじめられて育った私とは違い、オーガスト様は平民の後妻の子であっても愛されて育ったのだ。

「式とパーティは母が仕切ってくれるそうだ。式はなるべく身内だけで簡単に済ますつもりだが、披露パーティは正直疲れると思う。今から先に謝っておく。ドレスは好きなものを好きなだけ選んでくれ」

「ありがとうございます」

ポン、とオーガスト様が私の頭に手を置いて目を細める。

笑い皺が素敵で胸が締め付けられる。

人質も兼ねた妻にもこんなに優しくしてくれる。

「しばらくはここを拠点にして、結婚式が済んだらストレンジ領に入る。普段祖父母はロジル商会の方に寝泊まりしているから、ここでは自由にしてくれたらいい。不都合があったらいつでも言ってくれ。明日から私は宮殿で仕事をしなければならない」

「わかりました」

別ルートでロジル邸に着いたメアリーとも合流し、しばらくお世話になることになった。

こんなにいたれりつくせりの環境は初めてだったのでこそばゆい。

きっと私のためを思ってここに宿泊することを決めてくれたのだろう。

しばらくはオーガスト様は宮殿で仕事をし、私はオーガスト様の母上のアンリ様と結婚式と披露パーティの準備をすることになった。

といってもほとんどはアンリ様がしてくださっていて、私は来賓の名簿を見ながら招待状の宛名書きを手伝うくらいのものだった。

ロジル邸で朝食をとってから仕度を済ますと馬車に乗り込む。

ほんのひと時だけれど出勤するオーガスト様と宮殿へ向かうのはちょっと嬉しかった。

「たまには断って部屋にいるなり、街を見回ってもいいんだぞ？　私から母には話しておくから」

「いいえ。アンリ様といると楽しいので、行かせてください」

「ミーナがそう言うならいいけれど」

もちろんアンリ様といて楽しいのも嘘じゃない。

でもオーガスト様と少しでも一緒にいたくて……なんて言えそうもない。

ここに来て三日が過ぎた。

前に体を繋げたのは一週間も前になる。

オーガスト様は私としたいとは思わないのかな。

そんなことを思いながら彼を見つめた。

「どうした？　言いたいことは言うんだぞ」

「いえ、なんでもありません。目につくものがすべて新鮮で」

「そうか……」

夫婦がどのくらいの頻度でするのかは知らない。

こんなことを思うのは、はしたないのかもしれない。

でも、求められないのも不安になってくるものだった。

その日はアンリ様に急用ができて私はロジルの屋敷にひとり先に帰ることになった。

「ミーナ様、お帰りなさいませ」

「ただいま、メアリー」

私は悩んだ末、メアリーに聞いてみることにした。

「まだ日も高いので外出されますか？　奥様のお好きなように手配いたしますよ？」

「……ええと、あの」

「どうかされましたか？」

「うん、あの、ふ……」

「ふ？」

「夫婦の営みって……もう……その」

「ええと、ああっ、しばらく間が空きましたから、奥様に痛みが無ければ……いいと思いますよ」

「それで、その、普通はどのくらいのペースで行うものなのかしら」

私の言葉にメアリーが固まってしまった。

やはり独身のメアリーに聞くのは不味（まず）かっただろうか。

でも医療に精通していると聞いていたし……。

「ふ、夫婦の営みは、それぞれのカップルの頻度で行われると思います。閣下と奥様は仲がよろしい方だと思います」

ふーっと汗をかきながらメアリーが答えてくれる。

気まずい空気が流れる。

「けれど、ここに来てからオーガスト様は私に触れようとしないのです」

「それは単にお忙しいのと、奥様を気づかって……」

「……それだけでしょうか」

「それだけですよ！　絶対に！」

けれど、私は実は知っているのだ。

宮殿で女性たちに熱い視線を送られているオーガスト様を……。

「でも……オーガスト様は素敵ですから」

「変なことは考えないでくださいね。閣下は奥様一筋ですからね！」

その夜、メアリーがムードが高まるという香を焚いてくれた。

けれども、それにはリラックス効果もあったようで、ベッドに入るなり二人とも秒速で眠ってしまった。

「あの……奥様……すみません」

「いいのよ、メアリー。その、……なかったけれど目覚めはスッキリだったわ」

次の朝、メアリーはかわいそうなくらいに気まずそうにしていた。

「なんの話だ？」

「いえ、昨晩のリラックス効果のある香の話です」

「ああ！　あれはよかったぞ、メアリー」

「それはよかったです……あは、あはははは……」

そうして引きつる笑顔のメアリーに送り出されながらまたオーガスト様と宮殿へと向かった。

宮殿に着くと私はアンリ様のところへ行く。

先帝夫婦の住居にたどり着くまでの道もすっかり覚えてしまった。

「さあさ、今日はドレスのデザイン見本が届いたわよ」

アンリ様は気さくな方で、女の子の子供がほしかったのだと、私を本当の娘のようにかわいがってくれた。

帝国での流行や、作法の違いなどのためになる話からたわいもない話まで、アンリ様はなにを話しても楽しい。きっと話術に長(た)けているのだろう。

そんなアンリ様を慕うのに時間はかからなかった。

しかしいよいよドレスの準備に取り掛かると私には憂鬱な問題があった。

式とパーティのドレスはセミオーダーメイド。

色もウエディングドレスは真っ白、披露パーティは私の瞳に合わせた薄紅色に決まっていた。

急ぎなので基本のドレスはサイズ調節できるように仕上げて、どんなデザインにも合わせられるようなところまでは作ってある。

フリルやレースもすぐに取り掛かれるように取り置きされ、お針子を押さえているそうだ。

「貴方の肌にはやっぱりオフホワイトより真っ白の方が似合うわね」

私は悩んでいた。

右肩にある痣のことを話さないといけないと思ったからだ。

どのみちドレスを合わせる段階になったらおのずとバレるだろう。

オーガスト様は気にしないと言ったが、周りはそうでないことを知っている。

この先なにか悪いことが起きれば、この痣のせいだと言われてもおかしくない。

せっかく親切に接してくれているアンリ様に嫌な顔をされたら、と思うと辛くて言い出せなかった。

「あの……式とパーティはしないといけないですよね……」

この期におよんで怖気(おじけ)づいてそんなことを聞いてしまう。

「知り合いのいないパーティなんてミーナちゃんは嫌だよね？　でも我慢してね。あの子の立場ではなしにはできないわ」

それでもアンリ様は嫌な顔もせずに答えてくれた。

「いえ、嫌とかじゃないのですけれど、その……私にはもったいないので」

「もったいない？」

「私はポーツ国から人質として来た妻ですから」

私がそう言うとアンリ様は目を見開いた。

「人質？」

「そうです」

言わない方がよかったのかな、と思ったが、どうせわかることだ。

私が言わなくてもすぐ耳に入ることだろう。

しかしアンリ様は笑い出してしまった。

「あはっははっ、人質っていうよりオーガストの戦利品よね」

戦利品……同じようなものだろうか？

「あの子が選んだのでしょう？　そう聞いているわよ」

「確かに、選んだのはオーガスト様ですけれど」

「あの子はね、結婚はしないって言っていたの。皇族から外されていても、皇帝の弟だから担がれることもあるわ。政治的に利用されそうになったこともあって、結婚には不信感でいっぱいだったのよ」

「え？」

「私が平民だったのは知っている？　ロジル邸にいるのならわかるわよね？」

「はい」

「先帝と生涯を誓って一緒に暮らしているけれど、それには条件があったの。先帝陛下とは籍を入れないことと、私が産む子供には継承権を与えないってね。そのためにオーガストは皇族には認められない子で……それなりに苦労してきたの」

「苦労……」

「平民として生きるにも中途半端な貴族として生きるにもどっちつかずで、どちらからも受け入れられなかったのよ。それでもあの子は騎士になって実力で自分の居場所を勝ち取ってきた」

「すごい人ですね」

「ええ。頑張り屋さんね。ジェイド様……皇帝陛下も弟として可愛がってくださって、いつも助けられているわ」

オーガスト様が必要最低限しか宮殿に寄りつかないのにはわけがあったようだ。

私では思いもよらない世界がそこにあるのだろう。

順風満帆(じゅんぷうまんぱん)に見えていたのに。

だから私に優しくできるのだろうか。

ふと脇腹の傷跡を見せてくれたことを思いだした。

そういえば、あの傷……塞がっていたけれど、大きな傷だ。

それこそ命にかかわってもおかしくない。

ああ、なんだろう。胸が熱くなった。

私の痣を何でもないと言ってくれたことを思い出すと涙がでそうだ。

きっと私が思っていた以上にオーガスト様は理解して言葉にしていたのだ。

「あの、アンリ様、私の右肩には大きな痣があって……その、それは厄災の印だと言われているのです」

ふり絞るような声で告げて、私は顔を上げることはできなかった。

でも、黙っているのはもっと良くないことだと思った。

「あのね、ミーナちゃん」

「はい」

「実はそのことはもうオーガストから聞いているの」

「え」

顔を上げるとアンリ様は困ったような顔をして私を見ていた。

「私から言い出すのは違うと思って……触れないつもりでいたのだけれど、あなたは正直な人なのね」

「知って……？」

「ええ。それとなく伝えるつもりだったのだけど、手っ取り早いから」

そう言ってアンリ様が手のひらに収まる平べったい瓶を取り出した。

蓋をあけると肌色のクリームが入っていた。

「私はもともとロジル商会で商品開発もしていてね。特に美容関係には詳しいの。このクリームは肌の傷なんかを隠す時に使うクリームよ。ここだけの話、お肌のシミ隠しに高齢のマダムには超人気のアイテムよ」

「これって」

「無臭で水にも強いから石鹸で流さなければ一日持つでしょう。これを使えばミーナちゃんの痣もわからなくなると思う」

「そんな魔法みたいなことが？」

継母にもらった粉ですら何度重ねても、うすぼんやりと見えるくらいしか消えないのに。

「ミーナちゃんがいいなら今使ってみる？　もちろん私以外は下がらせるわ」

頷(うなず)くと私はアンリ様の前で痣をさらけ出した。

「悪魔が肩を掴んだ痕と言われて……手形に見えますよね……」

「そうねぇ。手形というより私には翼に見えるけれど。でも、女の子としては気になるわね」

勇気を出して見せたのだけれど、アンリ様からは気の抜けたコメントをもらった。

けれどそのくらいが気楽でよかった。

肩にクリームを塗って、アンリ様はその上に粉をはたいた。

「うふふ。これも魔法の粉よ。光を反射するからきれいに仕上がるの。ほら、見て」

そうアンリ様に言われて鏡を見る。

そこには痣などなかったのような肌が鏡に映っていた。

「……ほんとうに？」

「痣があるなんてわからないわね」

「アンリ様……」

ぽろぽろと涙が零れた。

あんなに隠したかった痣がなかったように見える。

痣がなくなったわけじゃないけれど、でもずっと悩んでいたものがないことに感動した。

たったこれだけのことにずっと私は悩まされてきたのだと、その時改めてわかった。

「これで好きなドレスを選べばいいわ」

アンリ様のその言葉にうんうんと頷くことしかできない。

私は初めて心からドレスを選ぶ楽しさを知った。

結局選んだドレスは肩にフリルがあって痣の箇所が隠れるものだったけれど、それでも私は楽しいひと時を味わえることになった。

その夜、私は寝室でオーガスト様を待った。

きれいになった肩を見てほしかったのだ。

この喜びを分かち合いあいたい。だって、私を受け入れてくれたのだから。

お風呂に入った後、教えられたとおりにまた痣にクリームを塗って、パウダーをはたいた。

すると痣は完全に見えなくなる。

それに感動して、ついでに教わった化粧も施した。

少しの自信を得て、肩を出すナイトドレスを着てショールを羽織った。

ソワソワしながらソファに座って待っていると、いつも通りの時間にオーガスト様が帰ってきた。

「オーガスト様！」

「ただいま、ミーナ。どうした、嬉しそうだな」

はしたないかと思ったが、私はオーガスト様の前に立って、羽織っていたショールを取った。

「お帰りなさいませ」

「あ、ああ」

ところがオーガスト様は私を見ても気づかないようでぼうっとしていた。

「なにか、気づきませんか？」

「ええと、化粧をしたのか」

確かに、ついでに簡単に化粧も施していたが、そうではない。

私はよく見てもらうためにもう一歩オーガスト様に近づいた。

「あの……」

「どうして今日はこんなに大胆に？　体はもう大丈夫なのか？」

「え？　体に不調はありませんが」

「そうなのか？　では……」

そう言うとオーガスト様が私の腰に手をやって引き寄せた。

あれ……抱きしめられてしまっている。

ちゅっ……。

「ん……」

オーガスト様の唇が私のそれに重なって、キスをされているのだとようやく気付く。

「この間は無理をさせたから、体調が良くなるのを待っていたんだ」

「は、はあ……んんっ」

角度を変えてキスが深くなり、舌が絡まる。

オーガスト様とのキスはとろけてしまいそうになる。

「ミーナ…ベッドに行こう」

そう言われてこくりと頷く。

あれ？　でも。

「あの、オーガスト様」

私を持ち上げてベッドに連れて行こうとする彼に声をかける。そうじゃない。

いや、別に触れられるのは待っていたくらいなのだけれど……。

「どうした？」

「今日、アンリ様に肩の痣のことを告白したのです」

「……嫌味でも言われたか？」

「まさか、そんなことをする方ではありませんっ」

「ずいぶん仲がよくなったのだな。すこし……妬ける」

「ん、んんっ……まっ……はあっ」

ポフリとベッドの上に運ばれるとキスが止まらない。気持ちよくて、頭がしびれてくる。

でも……これでは。

私はキスを止めるようにオーガスト様の胸に目いっぱい手をついて抵抗した。

「今日はいたずらっ子だな」

「んんっ、んんんっつ」

どうやらオーガスト様の乳首を手で引っ掻いてしまったようで、両手を取られてしまった。

そのまま万歳の形に腕をまとめ上げられてしまう。

力は雲泥の差があって、オーガスト様に軽く押さえられるともうびくともしない。

「悪いこの手は少しの間お仕置きだ」

そう言ってタオルで軽く手首を縛られてしまう。

なに、なにこれ……。

それを片手で押さえられると私は無防備になり、何もできなくなった。

ナイトドレスの上からオーガスト様の唇が滑り、胸のところを唾液でぬらしていく。

ハムハムと軽く噛まれていると尖った先端が布地を押し上げてその存在を主張した。

「乳首が立ってきたぞ」

「ひゃんっ」

指摘されると何倍も恥ずかしくなる。

「誘っている」

べろりと舌で刺激されて体の奥が熱くなってくる。

クイ、と肩のリボンをほどかれてむき出しになった胸をまた舐められる。

舌で丹念に乳首を刺激されると、軽く指でキュウと挟まれるだけで達してしまいそうだった。

「ああっ、ああんっ」

「すこし、遊ぼうか」

そう言ってオーガスト様が私の体を起こして手首をベッドのポールにかけてしまう。

四つん這い(よつんばい)の格好で両手を取られてしまった私はされるがままだった。

下穿(したば)きを膝のところまでずらされ、今度は足も動かせない。

「中がよくなったか見てやろうな」

「ひゃっ……」

オーガスト様の指が私の秘所を広げてしまう。

恥ずかしくて私は下を向いてハアハアと息を逃した。

「濡れていてはよく見えん」

「はあああっ」

ぬるっとする感触で舌で舐められたのだとわかる。ぬめぬめとそれは私の秘所を丹念に刺激する。

止める方法がない私は秘所からたらたらと愛液が垂れてしまうのを感じているだけだ。

どうしよう……恥ずかしいのに、気持ちいい。

「ミーナ、愛液が垂れているぞ」

ぐりゅっと指を差し入れられて、肉壁をなぞられるとびくびくと体が震えた。

「はううっ、あああっ」

舌で入り口の真珠を可愛がりながら、指は中で暴れまわる。

快楽で頭はバカになってしまって、気持ちいいことしか考えられなくなってしまう。

体の奥が熱い。オーガスト様が欲しくて……たまらない。

「腰が揺れてきている。私が欲しいか？」

その言葉にようやく、と歓喜しながらコクコクと頷いた。

「ほし……く、くださ……くださいっ」

「言えたご褒美に存分にくれてやろう」

ピタリ、と入り口に熱い高ぶりが当てられたのがわかると、タラタラと愛液がまた溢れた。

「くうううっんっ」

ぐっとそれが押しすすめられるとやがて最奥まで到達した。

あんなに大きなものが……私の体に収まっている。

「入ったぞ。どうする？」

意地悪なことを聞いてきたオーガスト様は覆いかぶさるように体を密着させて耳を舐めてきた。

ぬるっとした舌が耳の形をなぞると体がゾクゾクした。

「う、動いてくだ……さっ……ひやあああっ」

訴えると両胸の先端をいっぺんにキュウとつままれ、ひっぱられた。

その刺激にオーガスト様の高ぶりを中でぎゅっと締め付ける。

「ぐっ、そんなにしたら、すぐに出てしまうぞ」

「だ、出してくださいっ。くださっ……」

「ミーナ」

懇願するとやっとオーガスト様が動き出した。

ガツガツと奥を突かれて、体が激しく揺さぶられた。

「はあ、はああっ、イッ、イクッ！」

結合部からジュプジュプと大きな音がして、そのいやらしさに意識が飛びそうになった。

「イクぞ……っ」

この合図にいよいよ限界だと我慢していた快感がはじけて、激しくイってしまう。

同時にオーガスト様も私の中で爆(は)ぜた。

「ハア……ハア……ハア……」

タオルを外してもらって軽くキスを交わすと横にゆっくりと倒された。

じわり、と垂れてくる感触でたっぷりと中に注がれたことが分かった。

後ろからオーガスト様に囲うように抱きしめられて幸せに浸る。

「ミーナ……痛くなかったか」

「はい……あの……き、気持ちよかったです」

「そうか」

「で、ですが」

「なんだ？」

「今日は肩の痣をクリームで隠せたのを見ていただきたくて……」

「え？　あっ……」

どうやらオーガスト様は今ようやく気付いたようだった。

ほんとうに……この人は気にしていないのだ。

くすくすと笑うとオーガスト様はバツが悪そうにしていた。

「きれいに隠れている。これなら外出してもわからないだろう。……てっきりミーナが誘ってくれているのかと思って舞い上がってしまった。すまない」

「謝っていただくことではありません。実はあれから触れられていなかったので……少し不安に思っていました」

「そうだったのか？　いや、体格差があるのでミーナが大変だろうと思って控えていたんだ」

「今日は……すんなり入りましたよ？」

「私の形になってきたのだろうな」

「オーガスト様の……かたち……嬉しいです」

「ミーナ……あんまり私を誘うな」

「さ、そう？　私、オーガスト様を誘えていますか？」

「当たり前だ。君ほど魅力的な女性はいないからな」

「そ、そうですか」

「ミーナが可愛いとわかりやすく元気になってしまう」

「げんき……あっ……そのもうっ」

オーガスト様がわかりやすいように私の手を彼のそこに導いた。

先ほど爆ぜたばかりというのに、もう硬くなってきている。

「もう一度、いいか？」

耳元で囁(ささや)かれて私は蚊の鳴くような声で「はい」と答えた。

それからとろけるような熱い時間を二人で過ごした。

次の日、オーガスト様は仕事が休みになったと帝都を案内してくれることになった。

朝からメアリーが嬉しそうに私の支度を整えてくれた。

「いやあ……ほんとうに……もう」

ぶつぶつと言いながら鼻歌でも歌う勢いである。

「その、メアリー、心配かけてごめんなさいね」

「いいえっ。お二人が仲がいいのが私の喜びですので！」

いつもより丁寧に髪をブラッシングされ、今日は水色のドレスを選んだ。

「んっ……み、水の妖精っ。はあっ……」

ひらひらと揺れるスカートにサテンのリボン。

「メアリーは本当にセンスがいいのね。いつもありがとう」

「いえっ……奥様のコーディネートをさせていただいて幸せです」

メアリーは「帝都でしかドレスは揃えられません」と言って、ストレンジ領に行くまでに何着かそろえてくれるよう手配してくれている。

優しくて親切なメアリーだが時々くねくねと悶えるのがちょっと気になる。

「用意は済んだか？」

そこへオーガスト様が迎えに来てくれた。

スーツを着たオーガスト様は今日もかっこよかった。

「今日もきれいだ、ミーナ」

「あ、ありがとうございます。オーガスト様も素敵です」

「……さあ、行こうか」

「はい。では、行ってきますね、メアリー」

「行ってらっしゃいませ」

街に着けてもらった馬車から下りてオーガスト様と並んで歩いた。

ポーツ国とは違う異国の街並みにウキウキしてしまう。

オーガスト様は私に合わせてゆっくりと歩きながらいろいろと説明してくれた。

「あれが時計塔で、あっちが大聖堂だ。私たちの結婚式もあそこで行われる」

「全てが大きいですね」

上ばかり見る私はすでに首が痛いくらいだ。

「大聖堂は皇族ゆかりの年代物だから中もすごいぞ。見たいか？」

「はい。見てみたいです」

中心部にある大聖堂はもう外観だけでもすごかった。

細部まで施されたツタ植物や天使の彫刻。

それはドアにまで施してあり、ひとつひとつが精巧につくられていた。

そして、中に入ると天井の高さに圧倒され、ステンドグラス、天井画、すべてが見たことのない素晴らしさだった。

「わあ……」

首を曲げてうっとりと眺めてしまう。こんなにすごい技術を持つ帝国と、肩を並べてやっていこうだなんて思っていたポーツ国が滑稽に思えて仕方ない。

運河はたまたま地形がうまく合致していただけで、技術も財力も敵うはずがなかったのだ……。

「そこに座って。今、パイプオルガンで一曲弾いてもらうことにしたから」

オーガスト様に促されて長椅子の端に座る。目の前に見えていたたくさんのパイプはオルガンに繋がっているようだった。

あんなにたくさんのパイプが……。

呆けてそれを眺めていると天使のラッパのような音が聞こえ始めた。

それは教会の天井に響き、体を震わす音楽だった。

なにもかもが……素晴らしい。

「気に入ったか？　だったら結婚式の日も演奏を頼もう」

「嬉しいです」

「ミーナが喜ぶなら嬉しいよ」

小さなことでも、オーガスト様は私の要望を聞いてくれて、叶えてくれる。

とても優しい人だ。

それにごつごつとし手も意外に器用で、たまに朝起きると髪が簡単に結われていることがあった。

『死神』だなんてほど遠い。

同じ神というなら私をポーツ国から救ってくれた守り神だ。

毎日が新鮮で、幸せ。今までとは全く違う世界。

商店のガラスに映る自分の姿を見ると以前とは違い、幸せが溢れ出て見える。

それもこれも隣にいるオーガスト様のおかげだ。

そう思うと嬉しくて、少し前を歩くオーガスト様の服の袖口を少しだけきゅっと握った。

少し伸ばせば手を繋げることができるかもしれないけれど、これが私の精一杯だった。

「ミーナは可愛すぎるな」

「えっと……」

袖口を見てオーガスト様は自然に私の手を握った。

「手を繋いでいいか？」

「繋いでから聞いてくださるんですか？」

「親密なやつがいい」

「親密？」

聞き返すとオーガスト様が指と指が交互に絡むように手を繋ぐ。

くっついた手の熱がじんわりと混じっていくのになんというかもう、照れてしまう。

どんどんオーガスト様を好きになっていく。

それはもう自分で止められそうにもなかった。

「あら、オーガスト様。こんなところで会うなんて珍しいですわね」

誘われて宝飾店に入ったところで、女性にオーガスト様が話しかけられていた。

赤髪でグラマラスな、スタイルに自信がありそうな美人だった。

「ミュレット侯爵令嬢」

「覚えていてくださったなんて嬉しいですわ」

彼女は含みのある言い方をして、オーガスト様は嫌そうな顔をしていた。

私の存在には気づいていないようだったので、後ろでそっと見守ることにした。

そこへ、もう一人恰幅のいい男性が加わる。

「ご帰還、ご無事でなによりでしたな。ポーツ国の件は早急な解決でお見事でした。さすが死神と恐れられるストレンジ将軍だ。ポーツ国の姫を連れ帰ったそうですね。野蛮なあなたにぴったりな立ち振る舞いじゃないですか」

ニヤニヤとしながら男がやってきて、見るからにオーガスト様を見下していた。

「そんな野蛮な私が見合いを断ったので突っかかってくるのか？　宮殿で仕事が溜まって支障がでるほどなのに、余裕があるならこんなところで娘の買い物に付き合わずに帝国のために働けばいい」

しかしオーガスト様も負けてはいない。言い返すと男はぐ、と黙った。

そして二人はオーガスト様の後ろに隠れる私にようやく気づいたようだった。

見つかってしまっては、と私は前に出て挨拶をした。

「この度、オーガスト様に嫁ぎました、ポーツ国第二王女ミーナです。夫には大切にしていただいて日頃から感謝しております」

「なっ……銀髪！」

「しゃ、しゃべった……」

挨拶を終えると男とその娘はなにも言えないようだった。まさか件の王女を連れて街をうろついているとは思わなかったのだろう。

食い入るように見られて居心地が悪い。

彼女が『よ、妖精？』とつぶやいていたけれどなんのことだか分からなかった。

「今日はプライベートで買い物に来ているんだ。察してくれ。帝国の様子をミーナに見せたくてな」

「拉致された姫が平気な顔でストレンジと一緒にいるのか？」

思わず崩れた言葉で呟く男にムッとしてしまった。

「拉致など言葉が悪いですね。私はオーガスト様に連れて来ていただいたのです」

私がはっきり言うと二人は黙って、そそくさと去っていった。

「失礼な方たちでしたね」

そう言うとオーガスト様はアハハ、と笑った。

「ミーナが美しすぎて面食らったのだろう。それに、銀髪は帝都でも憧れだからな」

「憧れ？」

そういえば父は見事な銀髪で……女の人に人気があった。

「ポーツ国にいたミーナはたいして気にしてはいないだろうが、銀髪は水の加護を持っていると言われているから、銀髪の人間と結婚するのはステータスの一つでもあるんだ」

「確かに水の神様の使いは銀髪だという言い伝えは聞いたことがありますが、少なくとも私には加護なんてないですよ」

「水に困らない生活をしているポーツ国の人にはわからない感覚なのかもしれん。砂漠の国の男はポーツ国にわざわざ銀髪の花嫁を探しに行くというぞ」

「そんなことを言われているのですか」

「迷信でもなんでも、すがる思いなのだろう。ミーナが連れ去られないよう私もしっかりしないとな」

きゅっとまた手を絡ませてつないでくるオーガスト様にドキリとする。

「オーガスト様も……」

「ん？」

「その、私の髪色を気に入って選んでくださったのですか？」

私が聞くと彼はポカンとして私を見つめていた。

「……そうだな。一目ぼれしたのだから、そうなのかもしれないし……。でも、すべて含めてミーナだから、それだけで気に入ったのではないと思う」

「そう、ですか」

「気に入らないか？　君の好きなところをあげていこうか？」

「え、そ、そんな」

「髪もだが、顔もとても私の好みだし、全体的に小さくて可愛い。馬の心配をしてくれたのも優しいと思ったし、ゲームではりきる姿も可愛かった。ちゃんとお礼を言うところも猫が好きなところも好感度が高い……結婚してからも何事にも前向きで……」

「も、もういいです！」

「少しは安心したか？」

その言葉にはっとしてオーガスト様を見つめてしまった。

きっと私が不安に思っていることを察しているのだ。

「帝国に一人で連れられてきたんだ。わがままでもなんでも言ってくれていい。ちゃんと君のことは大事にしたいと思っている」

「とても、よくしてもらっています」

不安だらけではあるが、オーガスト様はちゃんとサポートしてくれている。メアリーのような優しい人を侍女につけてくれたのもありがたいと思っていた。

そして、なによりこうやって自分が嫌な目にあっても私のことを優先してくれる。

本当に素晴らしい人だ。

あんな人たちに彼を蔑んでもらいたくない。

「しかし……、さっきのミーナときたら……」

じっと私を見ていたオーガスト様がにやついている。

「どうかしましたか？」

「ミーナが私のために怒ってくれたのかと思ったら、嬉しくてな」

そう言ってオーガスト様の手が私の頭を撫でた。

「あんな言い方失礼です」

「後ろで隠れていてもよかったのに」

そうは言ってもオーガスト様は嬉しそうだ。

もっとぎゃふんと言わせてやりたかったのに、悔しい。

ポーツ国を制圧するのも危険を伴うことだ。

国でぬくぬくと様子を伺っていただろう貴族たちに嫌味を言われるいわれはないだろう。

「オーガスト様は素晴らしい方なんです。次に会ったら、もっとこう、言い返せないように！」

それが人質と言う名目であったとしても、彼が私を妻にして救ってくれたことには変わりがない。

「ミーナは小さくて可愛いのに、勇ましいところもあるんだな」

「勇ましくてはいけませんか？」

そう言われてパッと手を離して腰に手を当ててみせるとオーガスト様がまた声を上げて笑った。

この人の笑う顔が好きだ。

今までずっと、悪いことが起きれば私のせいにされてきた。

母の命と引き換えに生まれてきたから。

厄災の痣を持っているから。

そう思ってずっと仕方がないと思い込んできた。

今だってハルレーニア帝国に来て、オーガスト様に厄災がふりかかったらどうしようかと日々ドキドキしている。

そんな私にオーガスト様は平気だと、気にしなくていいと言ってくれる。

ずっと人目につかないように、なにもできないふりをして生きていたけれど……。

色々なものを背負いながらもそれを見せずに笑うオーガスト様に、初めて誰かを幸せにしたいと願ってしまった。

「仕切り直しだ。この先に美味しいケーキ屋があるのだが、どうだ？」

「ケーキ……」

「ミーナをもっと太らせてやらないといけないからな」

「……オーガスト様も意外と甘いものが好きですよね」

「バレていたか」

「うふふ。私も大好きです。連れて行ってください」

再び手を繋いで歩く。

今度は初めから絡めて繋いだ。

ずっと……この人の手を離さないでいたいと思った。

「やっぱりもう少し大人っぽくならないかしら。髪を上げてみるのはどうかしら」

屋敷に戻るとメアリーにさっそく相談した。

悔しいけれどミュレット侯爵令嬢は大人な女性だった。

あのくらい迫力があればオーガスト様の隣にいても引けを取らなかっただろう。

オーガスト様が私のせいで笑いものになるのは困るのだ。

「そうですねぇ。お似合いになるとは思いますが、いいのですか?」

「いいのとは、どういう意味です?」

「ほら、閣下……いえ旦那様は奥様の頭を撫でるのがお好きでしょう?」

「あっ……」

私はオーガスト様の心地よい手の感触を思い出して悶えた。

そうだ、髪を結ってしまったら、手が髪の上を滑っていく感覚が味わえない。

あの大きな手も……大好きだ。

「上でまとめてみますか?」

「いえ……やっぱり下ろしておきます」

「では、一度みつ編みにしてからほどいてウェーブをつけた感じにいたしましょうか」

「お願いします」

メアリーの提案に髪型を整えてもらう。

少しでもオーガスト様によく見られたいと思ってしまう。

「メアリーはミュレット侯爵令嬢を知っていますか?」

「……ええ、もちろんですけれども、どうしてその名を?」

「オーガスト様と街に出た時に偶然会ってしまったのです」

「ああ、それは最悪でしたね。嫌なことをされませんでしたか？　あのご令嬢、散々旦那様のことを『平民あがり』ってバカにしておきながら、お見合いを申し込んできたことがあるんですよ」

「……そうみたいですね。オーガスト様が嫌味を言っておられました」

「ちょうどポーツ国に行く前の話です。兄が憤慨していましたから」

「メアリーのお兄様はオーガスト様の腹心のライナーなのよね？」

「そうですよ、奥様」

「その、幼馴染(おさななじみ)だと聞いたのだけれど、オーガスト様の幼い頃ってどんなふうだったの？」

「ふふふ。気になりますか？　なんでも教えてさしあげますよ。といっても私が知っているのは学生時代の旦那様ですけれどもね。学業も運動もとても優秀な人でした。特に剣術が天才だと言われていました」

「きっととても人気があったのでしょうね」

「ほとんど人付き合いはされていませんでしたね。まさに一匹オオカミ的な感じでした。除籍されていたとしても皇帝の息子ですからね。一目置かれていましたが人気かどうかは……当時から体も大きく目つきが怖いと有名でしたから」

　確かに私も初めは怖くて仕方なかった。でもあんなに素敵な人だもの。

「女生徒は憧れていたでしょう？」

「たぶん……奥様が思っているような甘酸っぱい話はなかったです」

「そうなの？」

「……ミュレット侯爵令嬢ですが、当時親の権力を振りかざして学生を牛耳っていましてね。旦那様のことを目の敵にしていました」

「えっ」

「旦那様に好意を寄せていたのにすげなく振られたんです。それから、取り巻きを使ってあの手この手で嫌がらせをしていました。黙っていらしたので兄も気づかなかったらしいです。最高学年で騎馬戦があったのですが、とうとう誰かが旦那様の馬の脚に怪我(けが)をさせて……」

「馬に？」

「はい。すぐにそれを知ったジェイド様が手配したので不慣れな馬で出場となったのですが、馬の敵を取る鬼神のような旦那様にみんなは震えあがりましたよ。もちろん、優勝されました」

「すごいですね」

「そうなのです。それから成人なさってからも数々の功績をあげられました。騎士になられてからも貴族からは平民だということでいろいろされたようです。若くして将軍になってストレンジ領を賜(たまわ)ったのは旦那様が努力して、そして嘲笑にも負けなかったからだと言えますね」

「立派な方ですね」

逃げ回って息を殺していた私と違って、オーガスト様はきっと前を向いて努力したのだろう。

先帝が『オーガストは少々我慢強くて心配でな。理解して助けてやってほしい』と言っていたのには深い意味が込められていたのだ。

私も見習うことができるかな……。

「あの……奥様」

「はい」

「奥様はとっても魅力的です」

「どうしたのですか？　突然」

「初めて会った時に軽率なことを言ってしまって申し訳ありません。ですが、本当にその、あの時よりもずっと奥様はおきれいになっています」

「そ、そうなら嬉しいですけれど」

「髪も絹糸のような素晴らしい輝きのある銀髪ですし、体つきもずいぶんふっくらとして女性らしくなっています。もともとお美しいお顔立ちでしたが、今は磨きがかかって……ですから、自信を持ってください」

「ふふ。初めて会った時のことはもう気にしなくていいのですよ。あの時の私は言われて仕方ない風貌でしたから。今、私が美しく思えるなら、それはメアリーがいろいろとサポートしてくれているからよ」

「奥様……いえ、でも、違うんです。本当に、輝いていますから」

「少しでもオーガスト様の隣にいて恥じないようになりたいわ」

「だから……うう。本当に過去の自分をぶん殴りたいです」

メアリーが私のために最善を尽くしているのは知っていた。

センスのいい彼女が選んだ数々の品物はなかなか手に入らないものも多いらしい。

アンリ様から頂くものもあるが、若い人たちに流行(はや)っているものなどはメアリーがいち早く手に入れてきてくれているようなのだ。

今では私の着るドレスやアクセサリーも流行の最先端を行くものばかり。

気配りもできる、本当によくできた侍女だ。

ポーツで厄災姫として生きていたあの頃とは比べ物にならないくらい、私は贅沢でキラキラした生活をしている。

それもこれもオーガスト様のおかげだ。

どうしたらもっと好きになってもらえるだろう。

ずっと、側にいたい。そして彼の手助けがしたい。

「メアリー、ミュレット侯爵令嬢は披露パーティにもくるのかしら」

「間違いなく招待されています」

「念のためにあなたに頼みたいことがあるのだけれど……」

「なんでもお申し付けくださいませ」

なんだか鼻息の荒いメアリーは頼もしかった。


そして、とうとう結婚式の日がやってきた。

仕上がった純白のドレスに身を包むと神聖な気持ちになった。

フリルとレースのついた豪華なドレスに完全に中身が負けている気もしたが、オーガスト様の顔をつぶしてはいけないと背中をピンと伸ばした。

「とてもお美しいですよ」

化粧を施してもらって、髪に花をつけてもらうと仕上げにメアリーが私の姿を褒めてくれた。もちろん肩の痣もきれいに隠してしまっている。

ちょっとした自信をもらうと、オーガスト様が迎えにやってきた。

黒髪を軽く後ろに撫でつけ、勇ましく大きな体は正装をするととても迫力がある。

ああ、なんてかっこいいのだろう。

うっとりして見ていると手を差し出されたので、その手に自分の手をのせた。

すると、ちゅっとオーガスト様がキスを贈ってくれた。

「ああ、ミーナ。とてもきれいだ」

褒められて有頂天になる。

彼にそう言ってもらえるだけでもう後はどうでもいいとさえ思うのだ。

「さあ、行こうか」

大聖堂に着くと先帝陛下とアンリ様がいた。あとはオーガスト様の祖父母。ここでのメンバーはこれだけだ。けれど、その方が緊張しなくていい。

みんなに祝福してもらって、結婚式はつつがなく終わった。

約束してくれたパイプオルガンもいっそう美しい音色を奏でていた。

「もうひと頑張りしてくれ」

「はい」

この後宮殿の会場で簡単にお披露目がある。

オーガスト様の部下たちも私を見るのを楽しみにしているらしいと聞いてドキドキする。

それが終われば私は正式にオーガスト様の妻と周囲に認知されるのだ。

この人の妻として隣に立って、恥ずかしくない人間になろう。

隣でやさしく微笑(ほほえ)むオーガスト様に微笑み返して、私は静かにそう誓った。

「準備はあれほどかかったのに、式はあっという間に終わりましたね」

「ああ。でも準備した甲斐はあった。ミーナのこんなにきれいな姿が見られたんだから」

そんなことを言ってくれるオーガスト様に照れてしまう。

宮殿の一室に入り、一休みしたらドレスを披露パーティ用に着替えて会場に向かわなければならない。

「もう着替えますか？」

せっかくここまできれいにしてもらったが、いつまでも純白のドレスを着ているわけにはいかない。

時間はまだ十分あったけれど、脱いでしまった方がいいかとメアリーを呼ぶベルを手に取った。

チリンと微かに鳴らすとオーガスト様がその手を押さえるように握ってきた。

「もう少し、ミーナのその姿を眺めていたい」

「それは……私だってオーガスト様のかっこいい姿はまだ眺めていたいですけれど」

「ドレスを脱がすくらいは私にもできる」

「オーガスト様が？」

脱ぐのを手伝う？　そう聞いただけで顔が真っ赤になった。

「ミーナ、そんな顔をするな。いじめたくなる」

「い……いじめるって……」

「ウエディングドレスの下はどうなっているんだ？」

「え？」

「特別な下着なのか？」

「そ、そうですね」

今日はとても面積の少ない下着を身に着けている。

オーガスト様が気にするなんて思っても見なかったが、かなりセクシーなものだと思う。

「見せてくれないか？」

「み、見せて？」

にやり、と笑うオーガスト様も魅力的だ。そして、こうなったら止まらないことも知っている。

けれど頑張ってドレスをたくし上げても、プリンセスラインのスカートのボリュームでせいぜいふくらはぎが見える程度だった。

「え、嘘っ」

すると、オーガスト様がスカートの中に潜り込んできてしまった。

オロオロしていると部屋のノックの音がきこえてメアリーが入ってきた。

「お呼びですか？　奥様」

「あの、いえ……ベルに少し当たってしまって音が鳴ったのかも……んっ」

「どうかなさいましたか？」

どうもこうも、スカートの中で後ろに回ったオーガスト様が私の割れ目を布の上からなぞっている。

「な、なんでもないわ」

「披露パーティまでにはまだお時間がありますから、次のドレスまでに楽な服装をご用意しましょうか？」

「そ、そうねっ、くうっ」

下着をずらして指が侵入してくる。ぬるりとした感触は……まさか、舐めて……。

「そういえば旦那様はどちらに？　旦那様もお着替えになられるのでしょうか」

「あの、だ、旦那様は少しお手洗いにっ」

ああ、足をゆっくりと開かされていて……ダメッ。立っていられなくなる。

「どうされますか？」

「せ、せっかく……ん、きれいにしてもらったから、もうすこしこの格好でいます。旦那様にも、そう、伝えるわ」

「そうですか」

「しばらくは、二人で、や、休んでいるから」

「承知しました。では手がいるときは遠慮なさらないでベルを鳴らしてください」

「あ、ありがとう……うっ」

パタン……とドアが閉まると同時に後ろからオーガスト様が出てきた。

「オーガストさまっ！」

「ミーナ、このまま、繋がろう」

「えっ」

後ろを振り向いてとても後悔した。

超絶色気たっぷりのオーガスト様が前髪を無造作に下ろしてそんなことを言うのだ。

逆らえるわけがない。

「ああ、ミーナ……。このままだとドレスが捲りにくいな」

そう言うとひょいと私をテーブルの上にのせてしまう。

ま、まさか。

そうしてそのまま足を広げられるとすでにオーガスト様の剛直がズボンから取り出されていた。

「ひゃあああんっ」

ズプリ、とすぐに潜り込んできたそれはいつもより熱く感じた。

「メアリーの目の前で感じていたのだな。もうここは蜜が垂れている」

「だって、オーガスト様がっ……」

「そうだな、いたずらした私が悪い。でも感じてしまうミーナも悪い」

「ふああんっ」

「いやらしい下着だ。私のためだけのいやらしいミーナ」

「ああっ」

「奥を刺激しながら胸も触ってやるからな」

オーガスト様の手が伸びてドレスの胸元からふるりと乳房が取り出される。

まだなにもされていないのに、私の胸の先は期待ですでに尖っていた。

「はああああんっ」

コツコツと奥をノックされながら、大きな手が私の乳首を指で挟みながら乳房を揺さぶる。

膣(ちつ)と胸の両方に刺激を与えられて、私は揺れながら快感に溺れていった。

「気持ちいいか？　最高にきれいだっ、ミーナッ」

「ああ、オーガスト様っ、きもちいいっ」

「たっぷりくれてやるからなっ」

「はい……いっぱい……くださっ、ああああっ」

互いに結婚式の純白の正装のまま、繋がって……何度も絶頂を迎えた。

最終的にくしゃくしゃになってしまったドレスに私は心の底から反省したが、オーガスト様はとても満足していたようだった。

「時間はあると言いましたがお仕度にも時間がかかりますからね？　特に旦那様と違って奥様はお化粧も直さないといけないのです」

ずいぶん経ってからベルを鳴らしたオーガスト様にメアリーが眉をひそめていた。

「悪かった」

「結婚式でお疲れだったのでしょうが……もうすこし早く呼んでくださらないと」

ブツブツ言うメアリーに本当のことは言えない。

ドキドキする私の頭をひと撫でしてオーガスト様は自分の仕度をするために隣室に向かった。

「旦那様がどうせゆっくりしていらしたのでしょう。まったく男性と女性の仕度の時間は全然違うのに……」

バレてないのかそれとも気づいているのに触れないでいてくれたのかはわからなかったけれど、メアリーは淡々と次のドレスの仕度をしてくれた。

一応、中に出されてしまったものはオーガスト様が指で掻き出してくれていた。

それも、思い出すととんでもない。

「こちらのドレスもお似合いですよ」

私の右肩の痣に気を使ってくれて、ドレスの着付けはメアリーが一人でしてくれた。

けれど、髪や他までは時間が足りないとそれからは数人メイドが増えて仕度を急いでくれた。

アンリ様が一緒に選んでくださった私の薄紅色の瞳にあわせたドレスは、たっぷりの布地でタックが取られている豪華なドレスである。

それだけ見てもとても高価なことがわかる。

そこに大粒のダイヤが着いたネックレスも加わるとちょっとした眩暈が起きそうな装いになった。

「口紅を引きますから動かないでくださいね」

きれいに化粧も直してもらうと、完璧だと鏡の前に立たされた。

「奥様！　ウエディングドレスもおきれいでしたが、こちらも素晴らしく似合っておいでです！」

メアリーが興奮しながら褒めてくれるので助かる。

一人だったら気後れして部屋から出られないかもしれない。

そこへ迎えに来たオーガスト様がやってきた。

わ……グレーのスーツも……素敵……。

「ミーナはなにを着ても素晴らしいな。とても瞳の色と合っていて似合っている」

手を取って私をエスコートするオーガスト様にポーッとしていると、「無理をさせてしまったから辛かったらいつでも寄りかかってくれ」と囁かれた。

「はっ……いっ」

私は瞬時にゆでだこのように赤くなってしまい、メアリーが頬紅（ほおべに）を入れすぎたかと心配したくらいだった。

もう、披露パーティどころではない。

緊張して会場入りするはずだったが、まずは恥ずかしくて熱くなった体を冷ますことに必死にならなければならなかった。

「この度はおめでとうございます」

「ああ」

次々とくる来客にオーガスト様と対応する。

中には外国の人もいて、私が言葉を合わせて会話を交わすととても驚いていた。

ひそひそと「あれ？　ポーツ国の第二王女はバカって噂じゃ……」という声も聞こえていた。

私が社交界に出ていない間に帝国まで噂が広まっていたようだ。

これは挽回（ばんかい）しておかなければ、と背筋を伸ばす。

興味があるのか、私の知性を探るような質問をしてくる貴族もたくさんいた。

隣でオーガスト様が渋い顔をしていたが、私が次々と質問に答えるのに、みな言葉を詰まらせて退散していった。

「ミーナは……すごいな」

一通り挨拶が終わったころにはオーガスト様がクスクス笑いながらそんなことを言った。

彼の恥ずかしい妻にはなりたくなくて、私だって必死なのだ。

そうして最後にやっぱり現れたのはラスボスであるミュレット侯爵令嬢だった。

「おめでとうございます。ストレンジ将軍。そして小さな奥様」

背が高いうえにヒールを履いているミュレット侯爵令嬢からすれば私はとても小さいに決まっていた。先制攻撃は彼女からだ。

この戦い、オーガスト様のためにも負けるわけにはいかない。

戦闘態勢になっている私はすかさず言い返した。

「ありがとうございます。ミュレット侯爵令嬢は今日もすらりと帝国の旗を支えるポールのように美しいですね」

私の褒めているか、けなしているかぎりぎりわからない攻撃を受けて彼女はひるんでいる。

「えっ……？　お、奥様も気の毒ですわね、ストレンジ領を知っていて？　大きな河があるだけでなんのうまみもない場所ですのよ。せっかく将軍職につけても平民上りではあのような土地しか皇帝陛下から頂けないのね。苦労するために嫁ぐようなものだわ」

なるほど、そちらから責めるのか。

そう思った私は彼女にオーガスト様の素晴らしさを伝えることにした。

「お言葉ですが、水の恵みがどれだけ大きな利益をもたらすかは、ポーツ国で育った私はよく知っております。なにを根拠にそのようなことを？」

「こ、根拠？」

「昨年のストレンジ領の収益は領土を潤す十分な数字が出ております。数字を晒すほど下品な真似(まね)は致しませんが、それはご存じで？」

「しゅ、収益なんて……」

「将軍職を行いながら領土の管理をするのは大変なことです。それができるとわかっておられたから、皇帝陛下もオーガスト様にストレンジ領を与えてくださったのでしょう」

「ええと……」

「それともなにも考えずに皇帝陛下がオーガスト様にストレンジ領を分け与えたと？　それは皇帝陛下に対してあまりにも失礼な言葉ではありませんか？」

「はああっ!?」

「帝国の領地ではストレンジ領は五番目に大きな土地です。荒れ地であったストレンジ領の収益はオーガスト様が運営なさってから順調に上がっています。これのどこが旨味(うまみ)のない土地だと?」

「それは、だって」

「領地運営はすぐに結果がでるものではありません。ミュレット侯爵令嬢ともあろうお方が、まさか知らないとは仰いませんよね?」

「うぐ」

「それはそうと、昔からオーガスト様のことを知っておられるのですってね？　過去に彼にお見合いを申し込まれたと聞いておりますわ。とてもお目が高いのね！　彼の素晴らしさを今度ゆっくり語り合いたいです」

「もう、け、結構よっ！」

短く叫ぶとミュレット侯爵令嬢は肩を怒らせて去って行ってしまった。

メアリーによれば、学生時代に家同士の許嫁(いいなずけ)と大喧嘩(おおげんか)して婚約破棄を言い渡し、その後、婿を選びすぎて嫁ぎ先がないらしい。

「もっとオーガスト様の素晴らしさを語りたかったのですが……」

後姿を見てそうこぼすと、ぶっ、とオーガスト様がこらえきれずに噴き出してしまった。

それからオーガスト様は帝国の旗が揺れるポールを見ては耐え切れないと笑っていた。

第四章　そこに根づく花に

「これで義理は果たしたし、ストレンジ領に向かおう」

お披露目パーティが終わると次の日にはオーガスト様がすぐに出発の用意を進めた。

先帝陛下とアンリ様、皇帝陛下に挨拶をして帝都を離れる。

ロジルの祖父母はまだいてほしいようだったが、オーガスト様は安定していない領地が心配なようで、さっさと馬車を用意してストレンジ領に向かった。

「ポーツ国の技術を領地でも生かしたいんだ」

外の景色を見ながらオーガスト様が私にそう話しかけた。

彼の目は生き生きとしていた。

もしかしたら領地経営の方が好きなのかもしれない。

「城に紹介したい者たちがいる。きっとミーナも彼らのことが大好きになるだろう」

領民のことも気にかけているようでそんなことも言われた。

オーガスト様が大切にしている人たちに早く会ってみたい。

ストレンジ領は王都の南側にあり、その領地の中央に大きな河が流れていると聞いた。

河のもたらす恵が領地を潤していることは確かだったが、数年に一度は氾濫が起きるのが問題らしい。

「ポーツ国の知識が必要なのでしたら、私もお手伝いできるかもしれません」

オーガスト様の役に立ちたい。

そう思って彼を見ると優しい目で私を見てくれていた。

「ミーナがそう言ってくれたら嬉しい。一緒に領地を盛り上げてくれ」

オーガスト様の手が伸びてきて私の髪を撫でる。

こうされると、とても愛されていると感じる。

……やっぱり髪を上げるのはまだやめておこう。

ストレンジ領に向かって二日。

次第に辺りが暗くなってきて天候が怪しくなってきた。

「嵐がくるな……急ごう」

馬車を急がせて、城に着いた時にはもうすでに雨は土砂降りだった。

「旦那様、お帰りなさいませ、しかし、すぐにご相談したいことがあります」

ストレンジ領の城に着くと使用人たちは出迎えてくれたが、それどころでないことは明らかだった。

「ミーナ、すまないがゆっくりしている暇はないようだ」

「私もお手伝いします」

雨がひどく、川がすでに決壊しそうなのだという。領民たちを高台にあるこの城に集めて避難するとにした。

初めてきた日にこんなことになるなんて。

とにかく城を解放し、入ってきた人を家族ごとに分けて座らせ、大急ぎで用意できる食事を配ることになった。

幸い結婚祝いに食料もたくさん持たせてもらっていたので、助かった。

私は給仕の手伝いをして、オーガスト様は部下を連れて見回りに出た。

雨音は激しくなる一方で、人々はブルブルと震えていた。

「奥様、もうお部屋でお休みください。あとのことは私が」

メアリーはそう提案してくれたけれど、オーガスト様が嵐の中頑張っているというのに、自分だけ休むなんてできない。

せわしなく動いていると、足元にミャーミャーと猫たちが三匹絡みついてきた。

可愛い……。

「あなたたちも不安なのね」

気がつけば猫がついてくる。

私が不思議そうにしているとメアリーがおずおずと説明してくれた。

「その……旦那様は小動物がお好きで……領地を与えられてから城で猫を飼っておられます」

「えっ……」

それを聞いて足元の猫を見る。この子達をオーガスト様が？

「フードをやりましょう。きっと緊急事態でみんな忘れているのでしょう」

　メアリーに先導されて、厨房（ちゅうぼう）に行くと猫用の餌置き場があるようだった。

「お皿が五個ありますが……」

「五匹いるのです。お皿にフードを入れたらきっとすぐに集まると思います」

　お皿を五個並べて、カラカラと音を立ててフードを入れるとメアリーの言ったとおり、姿を見せていなかった残りの二匹もやってきた。

「オーガスト様が猫を飼っているなんて意外でした」

「ここだけの話ですが……敵の多い方なので、小動物に心を癒（いや）されるらしいです。ミーナ様が動物を苦手でなくてよかった」

　メアリーが胸をなでおろしている。

　そういえば猫が好きかと聞かれた気がする。

　あれはこういう意味だったのか。

「こっちの子からファースト、セカンド、サード、フォース……お察しの通り最後の子がフィフスです」

「わ、わかりやすい名前ね」

「旦那様にネーミングセンスはないようです」

　猫たちにフードをやり終えると広間に戻った。

　窓の外の雨はまだ激しく降っていた。

「大丈夫です。旦那様が見回ってくださっていますからね」

初めて会うが、オーガスト様の大切な領民だ。

不安がっている人に声をかけて励まして歩く。

私も不安だったが、そんなそぶりは見せないように注意した。

その間も私の足には猫がまとわりついている。

やがて夜が明けるころに雨脚が弱まり、朝には嵐が過ぎ、青空まで見える天気になった。

「嵐は去ったが、河が氾濫して、被害が大きい。復興までに時間がかかりそうだ」

朝に帰ってきたオーガスト様も十分に睡眠がとれていない状態だった。

それから、炊き出しをして朝食を配り、水が引いた地域の者から家に帰した。

平静を装っていたが、私の心中は穏やかではなかった。

夜が明けて城のバルコニーから見える光景はなかなか酷いものだった。

無意識に右肩を押さえてしまう。

まさか、もしかして。

私がストレンジ領に入った日にこんな水害が起こるなんて。

どうしよう……私が、オーガスト様の領地に厄災を起こしてしまったのだとしたら。

眩暈がして、恐ろしさに吐きそうだった。

――母親殺しの厄災姫。

――お前のせいで……。

昔から散々聞いてきた罵り声が頭に響く。

「いやっ……どうしよう」

そうして耳を押さえて蹲（うずくま）っていると、ポンポン、と頭を撫でられた。

「あ……」

顔を上げるとそこにはオーガスト様が優しい目で私を見ていた。

「オーガスト様、私……」

やはり厄災を引き起こしてしまったと謝ろうとした時、オーガスト様が私を立たせて指を差した。

そこには昨晩城で過ごした人々の姿があった。

「ミーナ奥様、ありがとうございました」

「ありがとうございます！」

みんなが丁寧に私に頭を下げて城の門を出ていく。

私はその様子を複雑な気持ちで見ていた。

「ミーナ……みんなこの水害が君のせいだなんて思っていない」

「それは、私の肩の痣を知らないから」

「前にも言ったが、君の痣が本当に悪魔が掴んでできた痣だとどうやって証明するんだ？　すべて起こる厄災をどうしてミーナが引き受けないといけないんだ」

「でも、オーガスト様」

「水害は過去に何度も起きているんだ。その都度対策はしていて、だから今回もすぐにみんな城に避難することができている。君は部屋に籠っていることもできたのに、心細い領民を励まし、食事の世話をした。みんなが感謝する私の誇らしい妻だ」

その言葉にポロリと涙が零れた。

責められたっておかしくない。迷信だとしても、みんな誰かのせいにしたがるものだから。

それなのにオーガスト様は私の心を守るように言ってくれる。

「ミーナ、誰かのせいにして責め立てたところでなにも生まれない。次にどうするか考えていく方が大切だと私は思う。だから、一緒に頑張ってくれるか？　今日のように支えてほしい。あそこで手を振っている領民の顔が全てだ。君は悪くない」

その言葉で､私はオーガスト様が今までどんな思いで自分の逆境を乗り越えてきたのかがわかった。

私はずっと厄災の元だと言われてそれを受け入れるしかできなかった。

けれど、自分のせいだと諦めて、なにが変わるというのだろうか。

オーガスト様の言う通りだ。嘆いてばかりでなにもしないでいては解決しない。

前を向いて、そして胸を張ってオーガスト様の妻でいたい。

「にゃー…にゃー」

気がつけば猫たちが私の側にやってきていた。

「あれ？　いつの間に仲良くなったんだ？　紹介しよう、私の城の可愛い家族だ」

手を広げるオーガスト様に群がる猫たち……。

「もしかして……この子達がオーガスト様が言っていた紹介したい者ですか？」

「そうだ。見た目や出自で判断せずに愛してくれるぞ」

「たくさん……飼っておられるのですね」

「私は小さくて可愛いものが大好きなんだ。ストレンジ領を賜ってからすぐに城に迎え入れてな……最初はもともと飼っていたファースト一匹だったのだが、なぜか増えてしまって……」

小さくて、可愛いもの……。

「一番可愛くて大切にしたいのはミーナだからな」

力強く言うオーガスト様に私は少し力が抜けた。

どうしてオーガスト様がこんなにも私を気に入ったのか判明してしまったからだ。

大人っぽくなりたい……なんて、しなくていい努力なのだ。

にゃーにゃーとすり寄ってくる猫の頭を撫でながら、私は心から可笑しくなってきた。

「ふふふ」

今まで、凝り固まって悩んできたことがバカらしくなる。

オーガスト様が言ったように、私に厄災を引き起こすような大きな力があるはずもない。

「小動物は危機管理能力に長けている。ミーナに厄災を呼ぶほどの邪悪な力があったら近づきさえしないだろう」

「確かにそうですね」

体をこすりつけてくる猫に頬がほころんだ。

この子達も一緒に暮らしていくんだ。

まとわりつく温もりに私は力をたくさんもらった。

それから、到着して嵐にあったばっかりに寝不足になってしまった私たちはすこし仮眠をとることにした。

「ん……」

昼過ぎに目が覚めるとベッドのいたるところに猫がいた。

私の枕も占領されていて、へそ天で堂々と寝ている者もいれば、オーガスト様と私との僅かな隙間に潜り込んでいる者もいた。

「あ、こら……」

オーガスト様の腕を枕にして猫が寝ている。

「その場所は私のものですよ……今日は譲ってあげているだけです」

ちょっと猫に嫉妬しながらも、その可愛い光景にほっこりする。

腕枕で寝ている子は一番古い猫でファースト。

ブルーグレーの毛並みが私と被らないでもない。

みんなオーガスト様のことが大好きなので私と同じである。

「そうよね……オーガスト様は優しくて、頼もしくって、かっこいいもの」

「にゃー」

そのうち起きてきたサードが私に体を摺(す)り寄せる。

私が餌係として彼らに認知されるまでに時間はかからなかった。

オーガスト様が言ったように猫たちは顔がコワモテでも、右肩に痣があっても、当然そんなことは気にしない。

それが純粋に人柄だけ見てくれているようで気が楽だ。

きっとオーガスト様もそうやってこの子達に癒されてきたに違いない。

気持ちが上向けば、人との接し方も変わってくる。

浸水してしまった家の修復も、みんなで手分けして片付けていた。

畑も水没してしまったが、こちらは作物が育ちやすくなるのでありがたいくらいだそうだ。

そのおおらかな人柄にストレンジ領の人たちのことも大好きになった。

しかし、今回は人的被害がなかったが、河の氾濫の頻度は毎年増えている。

専門家と協議した結果、大規模な工事をするダムの建設を検討することになったらしい。

「ダムをつくると水害は今より減ると予想できるが、問題がある」

「問題ですか」

「単純に予算が足りない」

「予算……」

「ロジルの爺様に泣きつく手もあるが、商人だからな。金は必ず返さないとならない。返す当てもなく借りることはできない」

「担保ですか」

「皇帝陛下から賜った土地は担保にしたくない。将来性を買ってくれることもあるが……」

はっきり言ってストレンジ領は貧乏ではないし、どちらかと言えば裕福な方だと思う。

けれど、今回の嵐で家の補修、橋の補修……様々なところで資金を使っていた。

その上ダムをつくるとなると相当な金額が必要になってくる。

「今まではどうやってお金を作っていたのですか？」

「前に食べさせたことがある果物のラッカが特産なんだ。人気があって高額で取引される。こうやって河は氾濫するけれど、その後の土壌は豊かになって作物が良く育つ地域なんだ」

「以前いただいた赤い実ですね。ではそれを量産するとか」

「時期はもう終わっているからな。ポーツ国で食べられたのはたまたま部下がひと箱持ってきていただけで、本来果物は腐りやすくて近場でしか取引されていない」

「美味しくてもそれ以上売れるところができないということですね」

「ああ、そうだ」

「他に育てて上手くいきそうなものは？」

「季節に関係ないものだといいんだがな。まさかそんなものもないだろうから……」

「植物について詳しい人がいるといいけれど……」

「領民の意見もきいてみよう」


その頃私には嬉しい便りが届いていた。

エルダが手紙をくれたのだ。

結婚してからはオーガスト様の計らいがあって、文通が直接できるようになっていた。

幸せに暮らしていることに彼女は大変喜んでくれて、今回の災害のことも私のせいではないと熱弁してくれた。

「ふふ。エルダったら」

『その恐ろしさで名をとどろかせているストレンジ将軍も可憐なミーナ姫様にはメロメロですのね』

なんて書いてくるものだから笑ってしまった。

そういえば、と思い出して以前エルダがくれた花の種を取り出した。

せっかくだから『ミーナ』の花の種を植えようと思ったのだ。

私の瞳と同じ色の花がストレンジ領で育ったら嬉しい。

さっそく私は庭師に相談して屋敷の庭に種を植えた。

私もここで根付いていきたい。オーガスト様とずっと……仲良く……。

そんな思いを込めて水をかけた。

エルダもストレンジ領に来て私に会いたいと言ってくれていたので、領地の復興が落ち着いたら来てくれることになった。

領民たちを集めて意見も聞いてみたが、よさそうなアイディアは出てこなかった。

「金を稼ぎたいといってすぐにいい案が浮かんだら、みんな大金持ちになっているだろうからな」

「しばらくしたらオーガスト様は帝都とここを行き来するのでしょう？　私も帝都に行っていろいろ

調べようかと思います」

「行き来すると言っても一ヵ月おき……時には半年行き通しになるかもしれないぞ。帝都に行っても以前と違って私は遠征ばかりになるから屋敷には戻れない。できればここに居てくれた方が安心だ。ミーナだってここでの暮らしの方が楽しいだろう？」

「……それは、そうですけれど」

はっきり言って今はストレンジ領をよくしていくのが楽しくて仕方がない。

用水路の引き方を変えたり、畑の水やりの楽な方法を考えたり……。

それもこれもみなが私を受け入れてくれているから居心地がいいのだと思う。

「よし、ミーナ、神頼みだ！」

うーん……と考えたオーガスト様がそんなことを言い出した。

「え？」

「動きやすい格好をしてくるんだ。山に登るぞ」

なにやらやる気になったオーガスト様は私に乗馬服を着てくるように指示した。

「奥様を連れて行かれるのですか？」

「神頼みだぞ？　領主の夫婦がそろっていかないでどうする」

メアリーは心配そうだが、オーガスト様が言い出したら聞かないとわかっているようだった。

「そういうものでしょうか……。では、お弁当を用意いたします」

「ああ、頼んだぞメアリー」

それからメアリーからお弁当をもらって、私とオーガスト様は山を登ることになった。

ふもとまでは馬車で行ったが、そこからは歩いて登らなければならなかった。

「道なりに上がっていくと滝が見えてくるんだ。そこの岩の壁面にストレンジ領の守り神の水竜がいる」

「いるって、水竜がいるんですか？」

「行ったらわかるよ」

私はオーガスト様に連れられて道を進んだ。

誰かが何度も通った形跡があって、信仰深い人たちが訪れているようだった。

一時間ほど歩くと滝の音が聞こえてくる。

ザアアアアアッ
そこは想像していたよりはるか上から水が流れていた。

切り立った壁から落下してできる水柱はとても神秘的だった。

「ほら、ミーナあそこを見てみろ」

オーガスト様が指さす方を見ると一枚岩の一部が何やら模様に見える。

「滝を登る竜がいるだろう」

「ああ、本当に……」

見ようによっては岩の模様が『翼の生えた竜』に見える。

滝つぼには虹がかかり、清浄な空気が身を纏ってきた。

「そういえばこの翼の形……ミーナの肩の痣に似ている」

「え？……」

「そうだ、ミーナの痣はこの水竜の形なんじゃないか？」

そう言われて右肩を押さえた。

この形と……似てる？

そう言われれば翼の部分が似ているけれど、私の痣の形だけでは片翼になってしまう。

「ちょっと、無理がありますよ」

「そうかな？　私にはミーナが水の神様の使いに見えているんだが」

「そんなの迷信です。ありえませんよ」

きっぱり私が言うと、そこでオーガスト様が笑った。

「どうしてミーナは『悪魔に肩を掴まれたらできる痣』は信じたのに、『水の神様の使いは銀髪』は信じないんだ？　どちらも同じくらい世間に出回っている与太話じゃないか」

「与太話……」

オーガスト様の言ったことに混乱する。

確かにどちらも……根拠は……ない。

ずっと言われ続けて、ただ、信じてきただけ……？

「ストレンジ領で水の神様は水竜だ。ちょうど目の前にいるから、こちらの方が信憑性があるじゃないか」

岩に浮かぶ水竜の形。まるで滝を駆け上がるかのように見える。

これこそ神の姿……。

「私はミーナが幸福を呼ぶ女神だって思っているぞ」

「オーガスト様」

私に次々と幸せを運んでくれているのはオーガスト様だ。

私の痣をそんなふうに言ってくれるのも。

「では願掛けをしようか」

「願掛け？」

「滝つぼに突き出た岩が一つあるだろう？　あそこにコインを投げてのせるんだ。そうしたら願いが叶うらしい」

「あそこの丸い岩ですか？　あんなところにのるとは思いませんけれど」

でもよく見るとキラキラと反射するものがあって、みんながコインを投げているのだとわかった。

「領民は年に数回ここに訪れて豊作や健康を祈るんだ。自然崇拝ってやつだな」

オーガスト様は私にコインを一枚渡してくれた。

屋台のゲームを思い出しても私には無理そうに思える。

「オーガスト様からどうぞ……」

「よし」

気合を入れてオーガスト様が岩に向かってコインを投げる。

「あっ……」

コインはうまく軌道にのって岩に飛んで行った。

しかし一度のったと思ったコインはコツン、と音を立てて落ち、滝つぼの中へと沈んで行ってしまった。

これは完全に私では無理だ。

「惜しかったな。もうちょっとだったのに」

「もう一回投げてみてはどうですか？」

私が渡されていたコインをオーガスト様に戻そうとすると、やんわりとそれを拒否された。

「何度もやったらご利益がない。一日一回と言う暗黙のルールがあるんだ」

「え……本当ですか？」

「ミーナも願い事を念じて投げればいい」

「う……」

私が下手くそなのを知っていて言うのだろうか。

半ばやけになってコインを握ると私は念じた。

——どうか、なにかいいアイディアが浮かんでストレンジ領にダムをつくるための事業が起こせますように。あと、オーガスト様と末永く幸せに暮らせますように。みんなが笑顔でいられますように
……それから……。

「ミーナ、長くないか？　あんまりたくさん願っても神様が大変だぞ」

「そ、それでは、投げます。えいっ」

ふにゃふにゃとオーガスト様の投げたコインとは比べようもないほど力弱く飛んでいくコイン。

ああ、これはダメすぎる。

そう諦めかけた時、突風が吹いた。

……カツン。

「嘘……」

「おっ、すごいじゃないか！　初めてで岩にのせたぞ！」

信じられないことに私の投げたコインが丸い岩にのってしまった。

「や、やった……」

「ミーナはなにを願ったんだ？」

「そ、それは、なにかいい事業のアイディアが浮かばないか、とか、幸せに暮らせますように、とか
……そんなところです」

「そうか、願いが叶えばいいな」

「オーガスト様はなにを願ったのですか？」

「私は帝都に行く回数が減るように願った」

「それって……アハハッ……」

堂々と子供のようなことをいうオーガスト様に笑ってしまった。

それからメアリーの作ったお弁当を食べて、山を下ることになった。

「ここを整備して観光客を呼ぶ……とか？」

「そもそもここは交通の便が悪いからな。貴族の連中が歩くとは思えないし、避暑地にも向いていない。観光客を呼べるとはいえないなぁ」

「ストレンジはいいところなのに」

「ハハハ、それはミーナがいるからだろう」

「……またここに連れてきてくれますか？」

「ああ、いいぞ。真冬に稀(まれ)に滝が凍ることもあってきれいなんだ」

「それは絶対見たいです」

「その時は私がコインをのせてみせてやろう」

「ほどほどに頑張ってください……コインを投げてオーガスト様相手に優越感に浸れるなんて、思ってもみませんでした」

「なに、さっきのは風がうまく吹いてくれただけで、運が良かっただけだろう？」

「運も実力のうちですよ」

「なかなか言うようになったな」

ケラケラと笑いながら歩けば、あっという間にふもとにたどり着いた。

待たせておいた馬車に乗って、城に戻る。

滝に願い事をしたせいか、なんだか気持ちが軽くなった気がした。

次に来るときは私がコインを用意しておこう。

それからしばらくの間は岩にコインがのった瞬間を思い出すと、高揚した気持ちを再度楽しむことができた。

数週間後、私の待ち人がとうとうストレンジ領にやってきた。

「ミーナ姫さま！」

声を上げて馬車から出てきたのはエルダだ。

少し白髪が増えたかもしれない。

エルダ、私をずっと守ってきた人。

「エルダ！」

駆け寄って抱きしめるとエルダもぎゅっと抱き返してくれた。

「ああ、おきれいになって……ずっと心配しておりました。姫様。会いにくるのが遅くなって申し訳ありません」

「そんな。ここまで長旅だったでしょうに。嬉しいわ、エルダ」

「ストレンジ将軍が全て手配してくださったんです。本当にお優しい旦那様ですね」

「ええ。そうなの」

振り向くとそこにはオーガスト様が再会を喜ぶ私たちを優しい目で見守ってくれていた。

「結婚のお祝いの品は遅れてお届けします。品書きだけさきにお受け取りください」

エルダはどうやらここまで二人できたようで後ろにいた男性に声をかけた。

オーガスト様が男性から品書きを受け取り開ける。

「これは……。こんなに？」

「ミーナ姫様から領地のご事情を窺って（うかが）おります。お見舞いも兼ねているとのことです」

「……失礼だが、このような祝いの品を寄こすミーナの祖父母が今までどうしてポーツ国でのミーナの扱いを黙っていたのだ？」

「恐れながら申し上げます。ミーナ姫様のお母様、ジーナ様のご実家からはミーナ様への接触は何度も打診されていましたが、ポーツ王に軽くあしらわれておりました。私も城では監視されていて、ミーナ様の側を離れないためにもめったなことは口にできなかったのです」

エルダの話を聞いて驚いてしまう。そんな裏事情があったのか。

「けれど、ミーナ様の扱い、そして酷い縁談にとうとう我慢できず助けを求めた結果、私は国に強制的に戻されてしまいました。それからはミーナ様を逃すため、準備をしておりました」

「そんな計画があっただなんて」

「……オーガスト様にかっさわれてしまったと、ヨーク家のアルベルト様が嘆いておりました」

「アルベルト様はアルカ姫の婚約者だったでしょう？　エルダはなんの話をしているの？」

私が不思議に思って聞くとエルダが笑っていた。

「アルベルト様がミーナ姫様を助ける計画をたててくださっていたんです。帝国に制圧されてその計画は流れてしまいましたが……」

「そう……だったのですか」

驚いているとオーガスト様がじっと私を見ていることに気がついた。口が尖っているように見える。

「ミーナはヨーク侯爵家の長男の方がよかったか？」

そして吐いた言葉にぎょっとする。

「まさか、そんなわけ……」

というか、これってオーガスト様がアルベルト様に嫉妬しているっていうの？

私はオーガスト様に近づいてきゅっと腕の裾を掴んだ。

可愛すぎて胸きゅん、どころじゃない。

人の目もあるから今はこれが私の精一杯で……。

「私はオーガスト様の妻になれて……幸せです」

かあ、と頭に血が上る。そろそろと顔を上げるとオーガスト様も耳まで赤くしていた。

よかった、怒ってはいないみたい。

「大変仲がよろしいようで……エルダは安心しました」

「あの、これはっ、その……」

エルダの声で我に返った私は慌てて裾から手を離した。

オーガスト様が残念そうな顔に見えたのは私の思い込みかもしれない。

それから私は二人にしてもらって、エルダを特別な場所に案内した。

「エルダ、見て。是非見てほしかったの」

「これは……」

驚くエルダに満足する。庭師と一緒に植えた『ミーナ』の花は、ストレンジ領の気候と相性が良かったみたいで、とても早く成長した。

「エルダが誕生日にくれた種がこんなに育ったの」

「そうですか……。ここに、根を下ろしたのですね」

「ええ。そうよ」

「本当に、ようございました」

「オーガスト様はね……私の痣を見ても気にしないとおっしゃってくださったの」

「姫様の痣は厄災ではありません」

「ええ。私もね、そう思わないことにしたの。……お母様の命を引き換えにしてしまった事実は消えないけれど」

「ミーナ姫様。私はポーツ国でお母様であるジーナ様の話をすることはできませんでした。それほどに王妃様の監視の目は厳しかったのです。私はジーナ様に託されたミーナ様のお側にいるためにずっと我慢しておりました」

「託された？　お母様は私を産んで亡くなったのでしょう？」

「いいえ。一週間ほどは，ミーナ姫様と過ごされています。もともとお体も弱い方でしたが、流行病をもらってしまって……お亡くなりになったのはそのせいでしょう」

「流行り病？　私を産んだせいで亡くなったのでは？」

「あの時、ポーツ王が先に患っておられてジーナ様にうつしたのだと思います。咳が残る状態でジーナ様に面会されていましたので……。けれどその事実を隠すためにジーナ様の死亡時期が操作されました」

「まさか」

「きっと後ろ暗かったのでしょう。ポーツ王はミーナ様を極端に避けておられましたから。酷い話です。私もこれを口外したら命はないと脅されていました」

「では、私の誕生日に亡くなったのではないのね……」

「はい。姫様にはどうにかお伝えしたかったのですが、なにかあって姫様の側を離れるわけにはいきませんでした」

「あの人に捏造されていたの……」

『母親殺し』なんだと……ずっと継母に騙されていたのだ。

きっと私を傷つけたいという思いだけでそうしたに違いない。

「姫様の瞳の色を見て『ミーナ』と名付けされたのはジーナ様です」

「顔を見てお母様が私の名をつけてくださったのね」

オーガスト様が言っていた通りだ。

母は私と少しだけでも過ごす時間があったのだ。

「ミーナ様の誕生を心から願っておられたのはジーナ様です。姫様は望まれて生まれてきたのです。ですから、王妃様とアルカ姫様の言葉など信じてはなりません」

エルダは涙をこぼしていた。

きっとずっと私に伝えたくても伝えられないことだったのだろう。

恨まれていても仕方ないと思っていたけれど……。

私は母に愛されていたのだ。

「ジーナ様が残した宝石類もドレスも……高価なものはみんな王妃様が持って行ってしまいました。なにもできず、本当に姫様には申し訳ないと思っています」

「いいのよ。エルダ。お母様はあなたを残してくれたもの。私もずっと言いたかったの。いつも守ってくれて、ありがとう。感謝しています」

「ミーナ姫様！」

エルダが抱き着いてきてワンワン泣くものだから、つられて私も泣いてしまった。

いまさら、私に無関心だった父に対する感情も湧いてこなかった。

ただ、情けなくて呆れてしまう。

ミーナの花は優しく揺れていて、それがなんだか母が笑っているような気がした。

それからエルダに母の話をたくさん聞いた。

農業国でもある母の母国に視察にきたポーツ王が見初めたのが、当時第五王女だった母だった。

側妃という形だったが、水の神様の加護をもらえるというポーツ王の銀髪に惹かれて喜んで嫁いだそうだ。

ポーツ王の容姿は整っていたからそれもあるのだろう。

しかし望まれて側妃になったものの、正妃のきつい性格には辛い思いをしていた。

母は妊娠をとても喜んでいて、銀髪を引き継ぐように毎日強く願っていたらしい。

そうして生まれた私を見て大変喜んでくれ、瞳の色を見て大好きな『ミーナ』の花の名前をもらったというのが私の名前の由来だった。

「ミーナの花はなんといってもこの香りが特徴なんです。上品でいて、華やかな香りがとても人気があるのです。ジーナ様はこの花のエッセンシャルオイルをよく首元や手首につけていました」

「そう言われたら……とってもいい香りがするわね」

私はミーナの花を摘んで部屋に飾ることにした。こんな素敵な香りがするなんて新しい発見だ。

エルダと花束を抱えて帰った私をメアリーが部屋で迎えてくれた。

「おかえりなさいませ、奥様。エルダ様との再会おめでとうございます」

「ありがとう、メアリー。この花を花瓶に生けてほしいの」

「かしこまりました」

花を受け取ったメアリーはすぐに花瓶に生けてくれた。

部屋が華やかになって、いい香りがふんわりと広がった。

「この花はとてもいい香りがするのですね」

「ええ。私の母はエッセンシャルオイルまで作って香りを楽しんでいたそうよ」

「今王都ではエッセンシャルオイルが大流行ですよ？　こんなにいい香りならきっと大人気になるでしょうね」

流行に敏感なメアリーが言うのなら、本当なのだろう。

……母が気に入って使っていたエッセンシャルオイル。

「ねえ、エルダ、ミーナの花はここの気候ととても合っていて成長が早いの」

「そうですね。もう花も咲いているのですから」

「エッセンシャルオイルにするにはどうすればいいの？　私も作ってみたいです」

「それなら私と一緒にきたノールが詳しいですよ」

そう言い出すとエルダはすぐにノールに相談してくれた。

ノールは農業とエッセンシャルオイルの抽出を熟知していて、率先して動いて道具をそろえてくれた。

その時知ったのだがノールはエルダの幼馴染で夫だった。

国に戻ったエルダは遅い結婚をしていたのだ。

そうして、エルダはノールと共にそのまま夫婦でストレンジ領に住むことになった。

エルダはそこまでして私の侍女に戻ってくれたのである。

「ストレンジ領に来てよかったの？　ノールは仕事もやめてきたのでしょう？」

「国に戻った時、ノールに告白されたんです。ジーナ様について行った私をずっと想っているなんてバカですよね……。結婚したからには雷に打たれても離さないそうですよ。怖い、怖い」

そんなふうに言ったエルダだが、照れ隠しなのだとすぐわかった。

「それに旦那様は破格の待遇で私を呼んでくださったのです。二人で暮らすには十分なお給金です。……そんなものなくともエルダはミーナ姫様の側に戻るつもりでしたけれどね」

私はもうそれ以上聞いていられなくて、エルダにぎゅっと抱き着いた。

それからは私の生活にエルダも加わった。

私としてはエルダが戻ってきてくれたことはとても嬉しいことだったが、メアリーは困惑したのではないだろうか。

そう思って尋ねると意外なことを教えられた。

「いいえ、初めから旦那様にはミーナ様の侍女を呼び戻すつもりだと聞いていました。ですから、エルダ様が戻ってこられるのは知っていたのです」

「初めから？」

「ええ。そうですよ。旦那様はミーナ様が大切で仕方ないのです」

それを聞いてまた胸が跳ねる。オーガスト様は初めから私を気づかってくださっていたのだ。

私はなんて大切にされているのだろう。

「メアリー、午後からの視察も頑張るわ」

「気負い過ぎずに、ですよ。奥様」

「はい」

エルダに城のことを頼んで、視察はメアリーが同行してくれる。

準備万端でホールに下りて、当然の顔をして出発するオーガスト様のところへ急いだ。

途中、猫たちが遊んでいると思ったのか私の足にまとわりついていた。

「ミーナは屋敷で休んでいてくれていいんだぞ」

「私もお役に立ちたいのです。それに、オーガスト様は私に手伝ってほしいとおっしゃいました」

「そうか……そうだな。では、行こうか」

ノートや資料を持ってオーガスト様について行く。

「にゃおん」

と送り出す猫たちはまるでエールを送ってくれているようだった。

国を出るときに水路の仕組みなどの専門書は持ち出してきた。

それをストレンジ領にいる専門家に見せ、私が補足して既存の水路を改良した。

こちらの方が進んでいる技術もあったり、ポーツ国で当たり前に使っていたものが無かったり。

今更ながら違いがあって興味深かった。

馬車で橋まで行くと修理の様子をチェックしてからまた移動する。

ほとんどの橋は泥を洗浄すれば問題なさそうだ。

河はあんなに氾濫したというのに今は穏やかな顔をして流れていた。

「いつもこう穏やかでいてくれたらいいのだがな」

オーガスト様がぽつりと言うのを聞いて頷く。

やはりこれからのことを考えるとダムをつくる必要があるだろう。

「だんなさまーっ、おくさまーっ」

領地を見回っているとみんなが手を振ってくれる。

あの嵐の日から慕ってくれているのだ。

私は母殺しの厄災なんかじゃない。

水の神様の使いとは恐れ多くて思えないが、でも私が信じるのは隣にいるオーガスト様だ。

「ミーナ、疲れただろう？　そろそろ屋敷に戻ろう」

「はい」

そんな一日を終え、城に戻る。

ストレンジ領に着いてからの生活はこんなふうに過ぎて行った。

ここに来て半年ほど過ぎて、私はずいぶん馴染んだ。

まるでここで育ったように息ができる。

そんな私の心を知るように、ミーナの花も爆発的に増えて咲き誇っていた。

私が待ち望んでいたエッセンシャルオイルが出来上がってきたのはこの頃だ。

「初めて香りを嗅いだ時は、ちょっと青臭い感じがしていたのに」

「寝かせると香りが落ち着いてくるんですよ」

「とってもいい匂いですね」

ノールがアドバイスしてくれて精製したエッセンシャルオイルはとてもいい香りだった。

これが、母が好きだった香り。

そう思うと愛(いと)おしくて仕方なかった。

早速その晩、私はその香りをオーガスト様に披露しようと考えた。

オーガスト様は帝国と領地を行き来していて、その日は帝国から戻ってきた日だった。

夕食と風呂を終えた彼を寝室で待つ時に首の下にオイルを振りかけた。

「ミーナ、変わりはなかったか？」

オーガスト様は留守の間のことを気にして私に聞いてくる。

なにかあれば手紙を出すように言われているが、なにもなくても手紙を送っているのが現状だ。みんな良くしてくれるし、最近はみんなが私を称えるといってミーナの花をあちこちで植えだしてしまった。

恥ずかしいけれど、嬉しかった。

「帝国はどうでしたか？」

「……それなのだが、近々戦争の難民をストレンジ領で受け入れることになった。少し城を空けるのでその間はミーナに城を任せることになる」

「そうですか」

「西の荒れ地を整備すれば人が住める場所になるだろう。ただ、子どもが多いので監督するものを何人か選んでおかないといかん」

「ではその選別は私が。教育できる人も見つけておきます」

「ふふ……」

「どうして笑っておられるのですか？」

「いや、この才女をポーツ国が手放したなんて笑うしかないだろう」

「違いますよ、オーガスト様」

「違わないだろう？」

「私はオーガスト様に選ばれてきたんです」

私がえっへんと言うと彼はいっそう笑った。

「ははは、そうだ、私が妻に選んだ。一目で惚れてな……ん？　なにか、いい香りがするな」

顔を近づけてきたオーガスト様が私の香りに気づいたようだ。

私はますます得意げになって首を彼に晒した。

「お母様が好きだったミーナの花のエッセンシャルオイルが仕上がったんです。オーガスト様に香りを披露したくて……きゃっ」

彼の手が私の腰に回って体を引き寄せられる。

そうして私の首に顔をうずめたオーガスト様が私の鎖骨に唇を寄せた。

「いい香りだ。……私を誘っている」

「誘っていますか？」

「いつだってミーナは私を魅了する」

「……く、くすぐったいです」

「感じるのはそれだけか？」

意地悪く言われて黙ってしまう。

もちろん感じているのはそれだけじゃない。

ピリピリと私の肌は敏感になって、オーガスト様から与えられる快感を期待してうずいてくる。

「じらさないでください」

「気持ちよくするだけだ」

オーガスト様にきゅっと抱き着くと、簡単に抱き上げられてベッドに運ばれた。

「にゃー」

ベッドに下ろされるとあちこちから猫たちが集まってくる。

私たちが就寝すると思っているのだろう。

「こら……邪魔するんじゃない。ファースト、上にのってこないでくれ」

この時ばかりはオーガスト様も困り顔で猫を抱き上げた。

「見られてしまうのは、ちょっと……」

「……まあ、そうだな。ちょっと待っていてくれ」

オーガスト様が私をベッドに残して猫たちを隣の部屋に押し込む。

しかし、猫たちも負けていない。

隙を見て順番にこちらに戻ってくるので、完全にいたちごっこになっていた。

猫と追いかけっこしているオーガスト様が可愛くて仕方ない。

「ミーナ、そこで笑っていないで手を貸してくれ。五匹相手だと手ごわい」

とうとう助けを求めてきたオーガスト様を手伝って、ようやく隣の部屋に猫たちを押し込めた。

「自由にさせるのも考えものだな」

「ふふふ」

猫たちのように私も抱えられてベッドに戻される。

髪がシーツに広がるとまたミーナの花の香りが広がった。

「ミーナの体温で香りが強くなるのだな」

暗に興奮しているのがバレているようで恥ずかしい。

ちゅ、ちゅとついばむようなキスを繰り返すと、ゆっくりとオーガスト様が私の体の上に乗り上げてきた。

体重をかけないようにそうっと腕に閉じ込められる。

厳つ(いか)いその風貌から想像できないくらいに彼は優しく私を抱く。

体格差があるのでそれを気にしているのもあるが、それ以上に大切に扱われていると思う。

——もっと、激しくしてくれてもいいのに。

それを物足りないと感じてしまうのは贅沢だろうか。

でも、いつも私だけ翻弄され、わけが分からなくなるまで快楽に押し流されるのはずるいと思うのだ。

オーガスト様にも無我夢中になるくらいになってほしい。

私を強く求めてほしいのだ。

「ミーナ……口を開けて」

だんだんと深くなるキスを受けて、それに追いつくことで精一杯になってくる。

舌を絡めて息が上がる。

ハフハフと息をしているとまたその息も食べられてしまうようなキスがくる。

「はああん……」

その手がナイトドレスの中に侵入して、私の肌をなぞる。

たくし上げられてさらされた胸の先端がピンと立ち上がり、それを口に含まれる。

ちゅう、ときつく吸われてから舌でコリコリと刺激されると、固くなった乳首から焦れた甘い刺激が広がってくる。

「はあうっ」

「こちらはどうかな……」

「まっ……」

胸を可愛がりながらオーガスト様の手が下がる。

腰を指でなぞられるだけで体の奥が切なく収縮している。

オーガスト様を求めて期待した私の体は、蜜をどんどん溢れさせてきた。

触れられていないのにもう足を動かすだけでそこが濡れているのがわかった。

オーガスト様にそれを知られてしまうのが恥ずかしいと思えば思うほど、蜜が垂れる感触がした。

「大洪水だな」

案の定そんなことを言われてカーッと頭に血が上った。恥ずかしくてたまらない。

「言わないで……」

「一週間ぶりか……少し慣らしてから繋がろうか」

「ああっ」

その太い指が入り口の真珠をくすぐり、ねちゃねちゃと愛液を纏って滑る。

その刺激に耐えようと太い腕にしがみついた。

「ミーナ……可愛いことをするな。おさえがきかなくなる」

「お、おさえないでください。オーガスト様の好きなように……ん、抱いてください」

「バカなことを。いい子だからそんなことを言ってはいけない。君を傷つけたいとは思っていないのだから」

「もっと……はあっ……はあ……愛してください。好きに……抱いてください」

「ミーナ?」

「愛してます、オーガスト様」

私がやっとのことで告白したのに彼は手を止めた。

まさかここでやめるとは思っていなかったので私は青ざめた。どうしてやめたのだろう。

怖くて顔を上げることができなかった。

ドキドキと心臓の音がうるさい。

言わなければよかった?

『愛している』というのは不味かったのだろうか。

グルグルと考えているとオーガスト様がようやく口を開いた。

「ミーナ」

「はい……」

「きっと君が思うよりもずっと私は君を愛している」

その言葉で私は顔を上げた。そこには真剣な顔をしているオーガスト様がいた。

「ここに来て、ずいぶん明るくなったと安心していたのだが、まだ自分のことを愛せないか？」

どうしてオーガスト様に愛を伝えたのに、私の話になるのか理解できなかった。

「自分を愛してやらないと、他人も愛せないと思う。ミーナが私を愛しているというなら、それは自分を愛している上のことであってほしい」

「自分を愛する……」

「そうだ。私は君を愛していて、そして大事に想っている。だから君にも自分を大切にしてほしい。私に愛されるために好きにしてほしいだなんて言ってほしくないんだ」

「でも、私にはなにもなくて……」

「君の自信を無くした王妃と第一王女を恨むよ。いいか、ミーナはストレンジ領に来て、領民を手助けし、彼らの信頼を得た。今ではみなの生活をよりよくしようと毎日奮闘してくれている。いつだって君を見かけたらみんな集まってくるじゃないか」

「それは、当たり前のことで」

「当たり前なんかじゃない。なかなかできないことだ。君は立派なストレンジ夫人で、私の自慢の妻なんだ」

そう言われて胸がほわりと温かくなった。

「オーガスト様がそう言ってくださるなら」

以前より自分のことが好きになれるかもしれない。

「愛している。だから、優しくしたい。……まあ、ミーナが物足りないっていうのなら、頑張ってもいいけれど」

「えっと、あの……それは、満足させていただいていますので」

「満足してる？　もっとこうしてほしいと遠慮しないで言ってくれればいい」

「その、毎回私だけが気持ちよくって、申し訳なく……」

「そんなことを思っていたのか。私も最高に気持ちいいぞ。そう思ってなければミーナに何度も子種を注ぐこともないからな」

「こっ……」

「では、仕切り直して……まずはここをかわいがろうか」

「ひっ……」

再び秘所に指を這わし始めたオーガスト様は乾いてきていたそこに指を当てて、くいッと中に入れてきた。

ふうふうと息をしているとキスをされる。

「ミーナ……世界で一番愛している」

オーガスト様がそう言ってくれる。

それだけで胸が満たされて幸せになる。

「私もっ……くううん……あ、愛してます」

中に入った指が暴れまわり、肉壁を掻くとまたトロトロと蜜が零れ始める。

「ここが、気持ちいいのだよな」

一点を擦り上げられると快感に体が跳ねる。

「ああっ、やあああんっ」

「ミーナの中は熱くて、いつも絡みついてくる。私はいつも我を忘れないように必死なんだぞ」

「ふ、あああっ」

「けれどっ、ミーナは華奢で小さいからな。私を受け入れるのは大変だろう」

「ひううっ」

話しかけられながら刺激を与えられて息も絶え絶えだ。

「独りよがりに気持ちよくなりたいわけじゃない。ミーナとひとつになりたいんだ」

「私とひとつ？　……ああっ」

指が増やされて、中が広げられる。

これがオーガスト様を受け入れる準備なのだと思うと体が期待で熱くなる。

「締め付けてくる……繋がりたいか？」

「はい……ううんっ」

「君の夫は、君に夢中だ。理解したか？」

「はい……」

「わかったら、繋がろう。いいか？」

「はい……」

指を抜かれてぽっかりと穴が開いたような不安な気分になったが、すぐにオーガストの熱い高ぶりがあてがわれた。

期待に体が震える。

「ミーナ、愛している」

はっとその言葉に彼の顔を見ると真剣な目で私を見つめていた。

胸がキュン、と跳ねてもう、どうにかなりそうだった。

「私も……私も愛しています。ああああっ」

そのタイミングでオーガスト様が体の中に潜り込んでくる。

私に夢中だと言ってくれた彼とひとつになる。

広げられながら埋められて、腰を進められるたびに彼の熱を感じる。

やがてその熱が交じり合う頃にやっと全てを受け入れられた。

「全部入ったぞ。……ハア……私たちはひとつだ」

熱にのぼせながら見るとオーガスト様と自分がつながっているのが視覚に入ってきた。

ひとつになっている。

こんな私と……いや、そうじゃない。

素直にこの素晴らしい夫と一つになれたことを喜べばいいのだ。

「嬉しいです」

「……泣くな、ミーナ。快楽に身を任せればいい。奥はどうだ？」

「ハア……気持ち、いいです。ふああっ」

ぐっと奥に刺激を与えられたと思うとズルッとそれが体から抜かれた。

え、と喪失感にまた泣きそうになった私はすがるようにオーガスト様を見た。

「君が入れてみたらいい。ほら……」

誘導されて高ぶりに触れるとオーガスト様の顔に余裕がないことに気づく。

「早く……私も限界だぞ」

そう言われて両手で誘導しようと手で四苦八苦する。

ぬるりと指が滑る。

自分の愛液が絡みついているのだと思うと頭がおかしくなりそうだった。

先端は丸いのに、引っかかるような形をしている。

その段差の感触を指で確かめていると、オーガスト様の眉間にしわが寄った。

「君の細い指でいじられると子種が出てしまうぞ」

「ふあっ」

思わず驚いて手を離すと剛直が震えた。

「おいおい、男の体もいろいろ覚えてもらわねばならんな……今日はもう……勘弁してくれ」

「ふあああああんっ」

もう我慢ならないと、ズブリとまた私の中に納まる。

けれどそれが少し性急で嬉しい。

私がこの人を翻弄しているのだと思うと愛おしいのだ。

「一度、君の中で果てさせてくれ」

「ああうっ、あああんっ」

じゅぷじゅぷと出し入れされて、視界が揺れる。

「気持ち……い、ですか？」

聞くと中に入れたまま、オーガスト様がキスをしてきた。

「ん……んつう」

「気持ち……いいかって？」

「ふああっ……」

「最高に気持ちいいさっ」

「ひゃあああん」

濃厚なキスが終わると両足首をつかんだ彼が私の足を限界まで広げた。

さらに繋がりが深くなって奥がぐりぐりと刺激された。

「ミーナ……飛ぶなよ？」

そこからは、今まで経験したことがないほどに激しく体を揺さぶられた。

飛ぶな、とはなにか。

それが『意識を飛ばすなよ』という意味だと理解したのは彼が私の中で爆ぜた後のことだった。

「はあ、はあ、はあ……」

「私が君に夢中だってわかったか？」

「……はい」

疲れ果ててシーツにくるまっているとその上からオーガスト様に抱きしめられた。

抱き合ったときに移ったのか、オーガスト様からもふわりとミーナの花の香りがした。

それからオーガスト様と夜を過ごすときに「愛している」と言い合うことが加わった。

＊＊＊

ミーナがストレンジ領に初めて来た日、天候は最悪で大雨になった。

嵐になるとまずいな、と思う。

私が統治するストレンジ領は中央を通る河の恵みで豊かだが、何度か大雨で川が氾濫していた。

天候を人間がどうこうできるわけもないので専門家に相談し、氾濫しやすい場所にいろいろと対策を立ててきたが、地形的にダムを作るとある程度のコントロールができるという見解だ。

しかしそれには莫大（ばくだい）な金がかかる。

ぬかるみに馬車の車輪を取られながら城を目指す。

様々な事態を頭の中で想定していると、ふと黙り込んでいるミーナが目に入った。

顔は真っ青になっているが、馬車に酔った様子ではなかった。

そしてなにより右肩をずっと押さえている。

嫌な予感がする。

ミーナのことを気にしながらも城に着くとすぐに河の氾濫がいつもよりも大規模になっていると報告を受けた。

「ミーナ、すまないがゆっくりしている暇はないようだ」

すぐに領民を城に避難させるよう指示して、指揮をとるためにコートを手に取った。

ミーナに城で飼っている猫たちも紹介したかったが、そんな余裕もない。

到着したばかりのミーナには城で休むように促したが、彼女は手伝うと言ってくれた。

小さくて、儚く見える私の妻は、その実コロコロ笑う真の強い女性だった。

私が部下と外回りをして城に戻るとミーナは城に受け入れた領民たちに食事を配り、不安がるお年寄りや子供に親身になって声をかけていた。

簡単に、城の管理を任せていた執事に聞くと、初めはミーナに恐縮していた領民たちも献身的なその姿にすぐに心を許して慕っていたらしい。

そうだ、初めて出会ったあの日もミーナは私の馬の心配をしていた。

とても優しいミーナ。

けれど彼女の心には深い闇がある。

各方面の報告を受けながら、領地の状態を把握していると気がつけばもう夜明けになっていた。

叩（たた）きつけるように降っていた雨が嘘のように止んで、日が上がるころには青空すら見えている。

領民に朝食を配り、落ち着いてから安全な地域の者から家に帰した。

それを見送りながらホッとしていると、先ほどまで見えていたミーナの姿がないことに気がついた。

どこに行ったのだろうと探すと、彼女は二階のバルコニーから外を眺めていた。

そこからは自分たちの家へ帰っていく領民たちがよく見えた。

声をかけようと近づくと彼女は右肩を押さえてしゃがんでしまった。

気分でも悪くなったのかと急いで駆け寄った。

しかし彼女は駆け寄った私に気づくこともなく、今度は耳を押さえている。

「いやっ……どうしよう」

小さく怯える声が聞こえて、私は彼女の頭を撫でた。

「オーガスト様、私……」

見上げてくる彼女の目には涙が溜まっている。

それに続く言葉は容易に想像できた。

ポーツ国にいた彼女は起こった悪い出来事をすべて自分のせいだと言われて育ったのだ。

なにを言ってもきっと彼女はそれを慰めの言葉としか受け取らないだろう。

そう思った私は、黙って彼女を立たせて指を差した。

「ミーナ奥様、ありがとうございました」

「ありがとうございます！」

感謝する領民たちを見て、自分がどのように思われているか自覚できればいい。

「私の肩の痣を知らないからっ」

それでもポツリとそんな言葉が零れる。

こんなにも罪の意識を植え付けた彼女の継母と異母姉には殺意すら湧いてしまう。

言葉を尽くし、少しずつ分かってもらうしかないが、じれったい思いは常にある。

ポーツ国に残ったライナーが引き続きミーナ姫の調査を報告してくれたが、それによると彼女は第一王女の足元にも及ばない愚かな王女として知られていた。

その王妃はミーナの母に嫉妬し、憎んでいた。

ポーツ王はもともと子供には一切興味もなく、王妃にまかせきり。

王の愛情を独占した女。自分は産めなかった銀髪……。同じ日に生まれた子ども。

出産しても自分より側妃を優先する夫。

どれをとっても憎らしい。

ミーナの母親が亡くなってからその憎悪はミーナに向けられてしまう。

赤子の時に王妃が騒ぎ立てたために、ミーナの痣は王家の恥として秘密になった。

そのため王妃は大っぴらにはミーナに痣があることは吹聴できなくなり、『厄災を起す印』とミーナに思い込ませて溜飲を下げていた。

『お前は母殺しの厄災だ』とひどい言いようだったようで、幼いころから繰り返されたそれはもう洗脳だ。

きっとミーナはポーツ国の城で王妃から身を守るために、目立たないようになにもできないバカのふりをすることで生きのびていたのだ。

想像するだけで胸が痛んだ。

彼女は本来、はつらつとしていて好奇心の強い性格だ。

色々な面を見てますます好きになるが、いつも痣のことで表情に暗い影を落としてしまう。

なにも気にしないでストレンジ領でのびのびと暮らしてほしい……。

そう願っても彼女の悩みは彼女しか解消できない。

母から痣を隠すクリームをもらってからミーナは右肩の痣をきれいに隠せるようになっていた。

それが嬉しくて仕方がないようだった。

私はミーナの母について調べ、母国に帰ったという侍女を捜した。

彼女はすぐに見つかり、事情を話すと結婚した夫とストレンジ領に住んで、またミーナの侍女をしてくれると約束してくれた。

日を追うごとに明るくなるミーナにますます心が奪われる。

私が好きになった彼女はこんなにも素敵な人だったのかと、毎日が新鮮で楽しい。

そうして彼女にも私を、このストレンジ領を好きになってもらいたかった。

彼女は私がポーツ国の技術に興味を示したことを覚えてくれていて、数冊の専門書と、様々な役に立ちそうな装置の図解や説明をノートにまとめてくれていた。

私が雇っていた専門の技術者がそれを見て感動したものだ。

毎年の河の氾濫の推移の資料を見て、このままでは安全の確保ができないと判断した私はやはりダムをつくることを考えた。

ミーナも同じ意見のようで、一緒に考えてくれている。

ポーツ国での噂がバカらしくなるくらい彼女は才女で、様々な分野にも広い知識を持っていた。

小さくて可愛いだけでも私を夢中にさせるのに、芯の通ったその凛々(りり)しい姿もさらに好ましい。

さりげなく私にくっついてくる彼女に歯がゆい気持ちにさせられながら、しかし大切にしたい思いで夜は控えた。

なにより体格差があるのであまり求めるのはよくない。

それでも定期的には愛の行為は行っていたし、まさかミーナがあんなことを言うとは思ってもみなかった。

その日、ミーナは名前の由来だという花から作ったエッセンシャルオイルの香りで私を誘った。

引き寄せて体の線をなぞるとミーナはすぐ私に応えてくれる。

体が小さいので私を受け入れるのは大変そうだが、濡れやすいのは幸いだった。

細い鎖骨に舌を這わせると、ビクビクとミーナが震えて可愛い。

いつだって私の理性を焼き切ってしまいそうな妻に、文句の一つも言ってやりたい気分だ。

そうして夢中になって彼女の肌を堪能しているとそのうち彼女がこんなことを言った。

「お、おさえないでください。オーガスト様の好きなように……ん、抱いてください」

必死で優しくしようとしている私にそう訴えるミーナ。

私は独りよがりでミーナを抱きたいと思っているのではない。

「バカなことを。いい子だからそんなことを言ってはいけない。君を傷つけたいとは思っていないのだから」

「もっと……はあっ……はあ……愛してください。好きに……抱いてください」

「ミーナ？」

「愛しています、オーガスト様」

その時、初めてミーナが私に『愛している』と告げた。

嬉しさがこみ上げる反面、私はこんなふうに告白してくる彼女を心底憐れに思った。

違う。

私が彼女に求めていた関係性はこうじゃない。

顔色を窺って生きていく彼女の人生は終わったのだ。それをわかってほしい。

自分を大切にしてくれないと、私は安心してミーナを領地に置いて帝都には行けない。

なんとかミーナを説得して、愛していると告げる。

仕切り直して愛し合うと、彼女が『愛している』と告げるたびに嬉しそうにするのがたまらなかった。

もっと早くに『愛している』と言えばよかった。

なんとなく、照れて言えなかったのだ。

しかし、それを口にするだけで二人の親密度が一気に上がった。

ミーナが愛していると言ってくれるたびに私は幸せを感じ、それはミーナも同じように感じてくれているようだった。

以前よりずっと愛を確かめ合って、彼女の希望と少し私の欲望を解放して、その日は激しく彼女を抱いた。

ミーナに夢中だと言うたびに、本当に夢中な自分を再認識して苦笑する。

その日からはミーナに『愛している』と言うのを惜しまないようにすることにした。

ポーツ国の制圧が済んでしばらく周辺は大人しくなっていたが、まだきな臭い国が残っている。

私は帝国にしばらく戻ることになっていた。

彼女を残していくのは不安だったが、そこは私の愛猫たちが大活躍してくれた。

昔私の荒んだ心を癒してくれたように、ミーナのことを受け入れてくれているようだった。

「頼んだぞ、ファースト。私の大切な妻なのだからな」

私が喉をくすぐると、苦楽を共にしたファーストが「にゃおん」と答えてくれた。

彼は私が十代の時から飼っている大切な家族だ。

ミーナも落ち着いてきた様子で私を送りだしてくれ、安心して城を任せた。

とても頼もしいその姿に顔がにやけてしまう。

母に渡してくれとエッセンシャルオイルを渡されて、私は帝都に向かった。

「オーガスト、これをミーナちゃんが作ったの?」

「ああ。いい香りだろう？　渡してくれって頼まれて……」

「これ、絶対売れるわ」

「え？」

「あなたの領地で製造できるのよね？」

今朝渡したばかりなのに、昼には母が訪ねてきた。

その目は誰が見てもわかるくらいにキラキラと輝いている。

母は商売の話にとても鼻が利くのだ。

ダムの建設に金がかかることも話していたので、気にかけてくれていたのだろう、これを新規事業にすればいいと言いにきてくれた。

「ボトルを高級なものに変えて、貴族の間で流通させればすぐに人気になるわ」

自分のことのように意気込む母はさっそくミーナに手紙を送っていた。

こうなった母は誰にも止められない。

そちらのことは母に任せよう。

私は帝都にいる間、他にやることがある。

ミーナと離れている三ヵ月、私は帝都で彼女を想った。

第五章　領地の守り神

オーガスト様が帝都に行ってしまってからすぐに、義母であるアンリ様から手紙をもらった。

そこにはエッセンシャルオイルのお礼と、これを事業にしないか、というお話が書いてあった。

「エルダ、メアリー、聞いて……お義母様がお手紙でエッセンシャルオイルをもっとたくさん作って帝都で売ってみないかって」

「まあ、素敵ですね！　さすがアンリ様。きっとロジル商会も手伝ってくれるに違いありませんよ」

メアリーが手を打って喜んでくれる。

でも、大量に作るとなるとそれなりの設備がいる。

「設備のことをすぐにノールに相談しましょう」

エルダがそう言ってくれて心強い。私がこぶしを握ると二人が頷いてくれた。

ノールはオイルの精製にも栽培にも詳しく、彼なしではこの事業は考えられないほどの貴重な人材だった。

「こんなにノールが役に立つなんて思ってもみませんでした」

夫のことをそんなふうに言うエルダに私とメアリーがお腹(なか)を抱えて笑う。

「そんなこと言ってぇ……素直にうちの旦那はすごいって言ってくれていいんですよ？　エルダ様」

「エルダはノールが大好きだものね」

「なっ……姫様まで！」

私たちはすぐにノールに話をしてから、領民の中でミーナの花の栽培を手伝ってくれるものを募集した。

声をかけるとみんなすぐに花の種を取りに来てくれた。

「奥様の名前の花だなんて、植えたいに決まってます。畑の土手に植えれば農作物と一緒に育てられるので手間もかかりません」

そう言って瞬く間に用意した種が無くなり、もらえなかった者は先に植えた人に種を分けてもらう約束をしているくらいだった。

ノールはオイルを抽出する大型の器具をルクエル国の知り合いに融通してもらう話をつけてくれた。

「ついでに花の種を頼んでおきました。みんな協力的ですよ。上手くできたらこっちにも送ってくれって言ってるくらいですから」

結婚祝いの時にお礼状を贈ってから私の祖父母ともやり取りをしている。

もちろんオイルができたら贈りたいと約束した。

義母からの提案だが、勝手にしてもいけないとオーガスト様にも手紙で連絡した。

彼からは短くミーナの好きにしていい、と返事をもらった。

ただ、その返事は一行で、手紙の内容のほとんどが、私の体の心配と『愛している』に占められていて、エルダとメアリーの前で手紙を開けた自分に後悔した。

――だって、恥ずかしすぎる。

けれど手紙をそんなにたくさん書いてくれると思っていなかった私は、オーガスト様の書いた文字ですら愛おしくて何度も手紙を読み返しては悶えてしまった。

『新婚だというのに三か月も城を空けることになってすまない。ミーナ、心から愛している』

特に最後の一行がたまらない。

私もこっそりとそれに『私も心から愛しています、オーガスト様』と何度も答えて胸に抱いた。

一日に繰り返し読んで、頻繁に引き出しに仕舞（しま）っていると、呆れたエルダがお守り袋を作ってくれた。

薄紅色の可愛いお守り袋に手紙を入れて、それは私の宝物になった。

オーガスト様がくれるものはなんでも私に勇気と力をくれる。

みんなが私を受け入れてくれて、親切にしてくれる。

協力してくれて、手伝ってくれる。

オーガスト様の手を取ってから、私の人生はがらりと変わった。

それが嬉しくて、毎日が楽しくて……でもオーガスト様がいないのはとても寂しかった。

「さあ、きれいに隠れましたよ」

ストレンジ領でわたしの右肩の痣を知っているのはオーガスト様とエルダ、メアリーだけだ。

私は毎朝、義母にもらったクリームを痣に塗って、粉をはたき、痣を消してから着替えていた。

ドレスを纏えば見られないとわかっていたけれど、厄災と言われた痣を無くす作業が私には重要だった。

オーガスト様がいるときはここまでしなかったけれど、留守番をしている今はきちんとしないと。

「なぁーお」

「こら、遊んでいるんじゃないの」

やんちゃなフォースがブラシを動かすメアリーの手にじゃれてくる。

猫たちは「気にしなくていいのに」とでも言っているようだ。

けれど、人間はそうは思わないことを私は知っている。

オーガスト様がいない間、領主の妻として隙を見せてはいけないと気を引きしめた。

数週間経つとミーナの花はすくすくと育ってすぐに花をつけた。

農作業する大人たちの代わりに花を摘むのは子供たちの役目になっているようで、読み書きの学校が終わると子供たちが花を摘んで城に届けてくれた。

「ミーナ様！　見て、見て！　たくさん摘んできたよ！」

「まあ、すごいわ。ありがとうね」

籠いっぱいの花を取ってきた子供たちに城で焼いたクッキーを配るとみんな喜んでくれた。

今は遊びのようなものだけれど事業がうまくいって収益が出るようになったら、本格的に支払いを発生させるつもりだ。

「ミーナ様、アンリ様から香水瓶のサンプルが届きましたよ」

「まあ！」

ワクワクして荷物を開けると、芸術品のように美しい小瓶が中に入っていた。

義母のアドバイスでエッセンシャルオイルそのままでは使い勝手が悪いので、それを使って香水を作ることにしていた。

「細長い形と丸みのある形のものがありますね」

「どちらも美しくて決められないわ……」

小瓶を手に取って日の光にかざしてみると、キラキラと光が反射している。

どちらもカットが美しいガラスの小瓶だった。

「これにミーナの花の香水が入ったら、帝都は大騒ぎになって、淑女の間で争いが起こってしまいますよ」

メアリーの大げさな言い方にエルダと二人で笑ってしまった。

その時は……この言葉が本当になるなんて、思ってもいなかったのだ。

義母がそろえてくれた美しいボトルに香水を詰めて帝都に贈ると、すぐに追加で欲しいと連絡がきた。結局瓶が足りなくなって二種類のボトルどちらにも香水を詰めることになった。

わあ、嬉しいねえ、なんて言いながら子どもたちとできた香水を呑気に詰めていた。

それが連日、もっと送ってほしいとボトルが届き、最後には大人たちも農作業の合間に手伝いにかりだされることになってしまった。

――人気なんて軽い感じじゃないのよ、奪い合いなの。人をやるので、できればもっと融通してほしいわ！

義母から届く連絡が手紙ではなく、メッセージカードになり、しまいには直接空のボトルの入った木箱を抱えてくる人々になった。

本格的に香水の事業で収益の計画を立てるまでになり、ミーナの花は土手ではなく、堂々と畑に植えられるようになった。

「こんなことになるなんて思いもよらなかったわ」

今では黙々と瓶に香水を詰める毎日である。

ちょうどストレンジ領の名産品である果物ラッカの収穫も終わった時期で助かった。

そのうち香水の瓶が品切れになってしまい、代わりに練り香水も作った。

瞬く間にそれも売れてしまうと、かなりの収益になってきた。

「このまま上手くいけば、ダムの建設の資金の足しになるわね」

オーガスト様や領民の助けになればいいと思ってやっていたが、それが本当に叶うなんて人生なにがあるかわからない。

「ミーナの花はストレンジ領の幸運の花だ！」

そうして誰かが、そんなことを言い出した。

「ミーナ様の花！」

「この花をストレンジ領のシンボルに！」

さすがにそれは言いすぎだとうろたえて、祭り上げる領民に落ち着いてほしいと訴えた。

けれどもミーナの花を称える声は大きくなる一方で、とうとうフェスタを開催しようという話まで出てきてしまった。

「フェスタ……」

困惑する私にメアリーが息を弾ませた。

「領民たちの気持ちを明るくするのにも、フェスタを催すべきですよ！　私たちの奥様をもっと称えるべきです！」

「そうです！　ミーナ姫様！」

メアリーにエルダまでが加勢してしまってタジタジだ。

「みゃーおん」

興奮する二人に同調したのか猫たちまでわあわあ鳴きだしてしまった。

「……ひとまず、オーガスト様に相談しますから……」

手紙を書くとオーガスト様はすぐに返事をくれた。

フェスタを企画するにも予算が必要なので、ダム建設の費用を考えると見合わすかもしれないと思っていた。

しかしオーガスト様も乗り気ですぐに計画するようにと返事がきた。

『フェスタには私も絶対に参加する。楽しみにしている』

手紙にはそう書いてあった。

そんな手紙をもらって、私が張り切らないわけがない。

予算はそんなにかからなくて、みんなが喜んでくれるフェスタにしよう。

さっそく私はフェスタの準備に取り掛かった。

わいわいと香水を出荷しながらみんなでフェスタの相談をする。

河の氾濫があってから少し暗かった領民たちの顔がこの頃からとても明るいものになっていた。

「ミーナ様、パイはいかがですか？　私のおばあちゃんが焼くパイは絶品なんです」

「ありがとう」

なんだかんだと領地を見回っていると領民が私に食べ物や花などをプレゼントしてくれる。

背が低いからか、特に子供たちが慕ってくれていた。

初めはミーナの花を集める役目があったので私を見つけると籠を持ってついてきたが、ミーナの花を摘み終わってしまった今もいつもどこからか出てきて、城に帰るころにはひとつの集団になっていた。

そうして城に着くとメイドたちが子供たちに焼きたてのクッキーを渡してくれる。

「フォース、こっちにおいで」

「サード、重くなったねぇ」

子供たちはついでに猫たちとも遊んでいく。

これが楽しくて集まっているのかもしれないが、みんなでワイワイするのは大切な時間だ。

「可愛いですね」

そう呟くとメアリーがニヤニヤと私をみて、「旦那様と奥様の子はもっと可愛いでしょうね」と言うので頭に血がのぼってしまった。

とはいえ、オーガスト様が帰ってくるまでまだ一ヵ月ほどある。

早く会いたいな。

手紙や贈り物は頻繁に送ってくれるが、やはり会いたかった。

あの大きな温もりに包まれたい。

「まずはフェスタを成功させて驚かせてみせたいわ」

いつも落ち着いているオーガスト様が驚くような素敵なフェスタにするのだ。

様々なアイディアを出し合って、当日は音楽隊も呼ぶことになった。

「なにか盛り上がるゲームがあるといいですよね」

「なにがいいかしら」

「コンテストとかどうですか？」

「うーん、ミーナの花娘コンテスト、とか？」

「それってミーナ様ほど可愛い子を選ぶってことです？」

「……いや、ミーナ様と比べられるなら誰も出ませんよ」

「そうですね」

私が意見する間もなくみんなが話し合いを進めてしまう。

するとどこからかこんな提案をする声が聞こえた。

「パイの大食いとかどうだ？　それだったら特産品のララッカを使えばいいし、お腹いっぱい食べたい奴が参加するだろう」

「それ、いいですね！」

そうしてメインイベントにパイの大食いイベントを行うことになった。

パイはパイ焼き名人のおばあちゃんが喜んで引き受けてくれた。

当日は城の調理場を使っておばあちゃん総指揮の元、料理人たちが手伝ってたくさん焼く予定だ。

飾りつけや、催しもの、屋台の手配、一応迷子やケガがあった場合のために実行本部などを作ることになった。

みんなフェスタに協力的で、自分から様々な役割を立候補してくれた。

当日は子供たちのアイディアで、紙で作ったミーナの花のコサージュを体のどこかにつけることになった。

もちろん作るのは子供たちだ。

いよいよ明後日にはフェスタを控え、みんな浮足立っていた。

オーガスト様もちゃんとフェスタに合せて帰ってきてくれることになった。

ただ、どうしても会わなくてはいけない来賓がくるらしく、前日に領地に戻ると連絡が来ていた。

「どんなに遅れてもパイの大食いイベントにはぜったいに間に合わせるって……」

「ええっ旦那様が参加するんですか？」

「それが、領民のふりをして参加するからエントリーしておいてくれって頼まれたんです」

「アハハ！　あのオーガスト様が？　みんなびっくりするでしょうね」

「今から想像しただけでも楽しいでしょう？」

フェスタのことを細かくオーガスト様に報告していたのだが、まさか私も彼がパイの大食いに参加するなんて思わなかった。

けれど、一緒に楽しもうとしてくれているその想いが嬉しい。

離れていても、こんなにも好きで、早く会いたくてたまらない。

明後日には会えるというのに気持ちが逸ってしまう。

そんな私のところにお客様がきたという知らせがきたのは夕方だった。

「奥様の知り合いだと言う貴族の方が従者を連れて訪ねてきています」

誰が訪問してくるというのだろうかと不思議に思いながら首をひねった。

使用人が言うには身なりが良くてとても偉そうな人のようだ。

「お前では話にならないから、城主を出せと騒いでいます。それに、奥様の血縁だとも言っております」

「血縁……まさか?」

父が来たのか？　サッとさっきまでの楽しい気分が台無しになった。

けれど、島流しになった父は確か屋敷で見張られていて移動なんてできないはずだった。

訝し気に見に行くと、遠くから聞こえる声でそれが誰だかわかった。

「私はミーナの姉よ。さっさとミーナを出しなさいよ！」

私のことを妹だなんて思ったこともなかっただろうに、姉だと口に出していたアルカ姫に驚きを隠せない。

しかしアルカ姫は騎士二人を連れて私の目の前に現れた。

「ミーナ！　私が来てあげたわよ。早く城に入れなさい」

当たり前のようにそんな主張をするアルカ姫に嫌悪感が湧く。

彼女を城に入れたいとは思わなかった。

「なにをしにストレンジ領に来たのですか？」

ゆっくりと息を吐いてから私は冷静にアルカ姫に尋ねた。

「私が来たいと思ったのだから、それでいいのよ。お前はそれを受け入れるだけ。なにも難しいことは言ってないでしょう？　ほんとうに頭が悪いんだから」

「いくらアルカ姫でも約束もないような訪問者を城に入れるわけにはいきません」

「……はあ？　何様のつもりよ。閣下と結婚したからって、お前が厄災姫であるには変わりないのに」

わざとそんなことを大声でいうアルカ姫に苛立つ。

アルカ姫を城に入れるつもりは毛頭ない。

「申し訳ありませんが、お帰りください」

「なっ……なんですって！」

トラブルが起こるとしか思えない。とにかくアルカ姫には帰ってほしい。

逆らったことのない私がこんなことを言い出したので、アルカ姫の顔はわかりやすいくらいに歪んでいた。

いつだって、自分の思い通りに生きてきたアルカ姫は私に拒否されて屈辱に思っているかもしれない。

けれどみんなが楽しみにしているフェスタを前に私の身内のせいでトラブルがあったら申し訳ない。

私が我慢すればいい、そう思ってやり過ごしたきた過去にはもう戻らない。

子供たちやみんなの笑顔が脳裏に浮かぶと守りたいものがはっきりとわかった。

私がなにを言っても引かないと悟るとアルカ姫は後ろにいた騎士に声をかけて宝石箱を持ってこさせた。

「はあ……残念ね。妹の結婚に祝いを持ってきた私を追い返すなんて。これを見ても私を城には入れてくれないのかしら」

今度はなにを言い出すのだろうと思って騎士が持ってきた宝石箱を見つめた。

アルカ姫はそれを受け取るともったいぶりながら私の目の前でパカリと開けた。

「それは？」

そこにはミーナの花を形どった美しい髪留めが入っていた。

美しいのはその造形だけではない、繊細なつくりにふんだんに宝石がちりばめられている。

その髪留めを見て声を上げたのはエルダだった。

「そ、それは、ジーナ様の形見ではないですか！」

「あら、もしかしてルクエル国出身の下品な侍女じゃないの。まさかまた雇っているの？　お前も趣味の悪いこと」

高笑いするアルカ姫にエルダは怒りでブルブルと震え、ぎゅっと手を握っていた。

「きれいだけど私の趣味じゃなくて。お前の母親のものだから持ってきてあげたけれど、いらないなら捨てようかしら」

アルカ姫はそう言ってパッと宝石箱から手を離した。

……私の母の形見？

そう思うと体が勝手に動いていて、床に落ちる前に宝石箱を受けることができた。

上からギリ、と右肩に痛みが走った。

宝石箱を手に取ってホッとしていた私の肩をアルカ姫が踏みつけていたのだ。

「ミーナ姫様！」

ドンッ。

「そうよ、お前はそうやって床に這いつくばるのがお似合いなの」

そのまま横に蹴られて倒されてしまう。

その衝撃で手から離れた宝石箱は再びアルカ姫の手の中に戻っていた。

「ひどい……」

私がアルカ姫を見上げると彼女は嬉しそうに笑っていた。

その姿には狂気が見える。

「はるばる祝いにやってきた姉をつき返す方がひどいでしょう？　さあ、城に入れて最高の持てなしをするのよ。私が満足して気が向いたらまた祝う気持ちが出てきて、これを差し出すかもしれないわ」

ひらひらと箱を見せるアルカ姫が悪魔のように見える。

アルカ姫は母の形見を脅しに使うつもりなのだ。

初めから、私が断った場合も想定してきたのかもしれない。

母の形見は喉から手が出るほど欲しい。

けれどもっと守らなければならないものがある。

私がアルカ姫を帰そうと動くと、その袖を引くのはエルダだった。

「ミーナ姫様、あれはジーナ様がポーツ国に嫁ぐときに唯一わがままを言って作らせたものです。自分の子供に引き継がせたいとおっしゃっていました。きっとこのままアルカ姫を帰せば腹立ちまぎれに髪留めは壊されてしまうでしょう」

「そうかもしれないけれど、城に入れるわけにはいかないわ」

「一晩だけ泊めて、隙を見て返してもらいましょう。そうでないとジーナ様が浮かばれません。明日には旦那様も戻られます。それだったらフェスタもめちゃくちゃにされることはないでしょう」

エルダはきっとどんな思いがその髪留めに込められているのか、わかっているのだろう。

ずっと母と一緒にいたエルダの想いを無下にはできない。

どうせストレンジ領にアルカ姫が満足して宿泊できるような施設はない。

ここから追い出してもどこかで騒ぎを起こすだろう。

「……わかったわ。メアリー、執事長にこのことを伝えて部屋を用意してもらって」

「はい」

「それでは、部屋の準備をさせますので、応接室においでください」

「ふん、初めから黙って案内すればいいのよ」

アルカ姫は我がもの顔で城に入ってくる。

一晩だ。明日になればオーガスト様が帰ってくる。

それまで我慢すればいいだけだ。

そう言い聞かせてわたしはアルカ姫を案内した。

けれどもどうしてこんなところまでやってきたのだろう。

いい加減私に構うのはやめてほしい。

「ぎゃあああああっ、なに、どうして猫がいるのよ！」

廊下を歩くと運悪くのんびり屋のセカンドがアルカ姫に見つかってしまった。

騎士が追い払おうとするのを走って行ってセカンドを引き取った。

「私の猫です！　危害を加えることは許しませんよ。一晩泊めることは了承しましたが、城で好き勝手していいとは許していません」

強くにらむと騎士たちがたじろいた。

「ほんと、城の中で猫を飼うなんて頭がおかしいのじゃないの？　汚らわしい！　私の部屋には寄せ付けないで頂戴！」

よくも汚らわしいなど言えたものだ。

お願いされたって可愛いこの子達をアルカ姫の目に触れさせたくない。

しかし今必要以上に怒らせることはない。

私はセカンドを抱いてその場を去った。

それからアルカ姫はソファの肌触りが悪いだの、石鹸の香りが気に入らないだの言って使用人たちを困らせた。

「やたら旦那様のお帰りがいつかと聞いてくるのです。きっと旦那様のことを狙っているんですよ」

メアリーが怒りながら報告してくれる。

やはり、そのつもりなのかと思うとため息が出る。

「ポーツ国でオーガスト様を見初めたアルカ姫は、かなりアピールしていたのですが、相手にされなかったのです」

私がエルダとメアリーに説明すると、二人とも呆れた顔をしていた。

「そりゃそうですよ！　あんな下品な振る舞いをする人じゃ旦那様はなびきません！　奥様は旦那様の好みそのものですよ。小さなころから知っている私が言うのですから間違いありません」

「あの……その、ありがとう」

メアリーが私を元気づけるように言ってくれた。

ポーツ国で夜這いまでしたのになびかなかったオーガスト様に不安はない。

けれども、ここまできたアルカ姫が簡単に引き下がるとも思えなかった。

彼女にとって私はなにもかも劣る存在。

アルカ姫は未だに私からならなんでも奪えると思っているのだろう。

たとえそうであっても、オーガスト様だけは譲りたくない。

「なんとかお母様の形見をもらって、オーガスト様が戻る前に城を出て行ってほしいわね」

どうしたらあのわがままでプライドの高いアルカ姫から形見を返してもらえるだろう。

「アルカ姫が眠ったころに、私が取りに行ってまいります」

思いつめたエルダがそんなことを言い出してしまう。

「エルダ、そんなことしたらアルカ姫はあなたを泥棒として処分してしまうでしょう」

「でも、姫様に痛い思いまでさせてしまいました。本当は城にアルカ姫様を入れたくなんてなかったでしょうに……ここはわたしが責任を取って……」

「バカなことはしないで。エルダ、私は王妃やアルカ姫に泣かされていた小さな女の子じゃないの」

そうはいってもなにかいい方法は……。

あっ……。

「ねえ。私、アルカ姫とチェスで戦うわ」

「え？」

「いままで勝たせてあげたことしかないもの。きっと今も私になんか負けるはずはないと思っているわ」

私がにっこりと笑うと、青くなっていたエルダがようやく笑ってくれた。

「そうと決まれば夕食の時にうんと豪華なドレスを着ないとね。オーガスト様がくれたダイヤのついた首飾りを用意して頂戴。誘いに乗せるには高価なものが必要だわ」

いつまでもやられっぱなしではいてやらない。

今度こそ自分の力で、アルカ姫を負かしてやる。

気を引き締めて私はその日の夕食に臨んだ。

「シーツやソファにずいぶん文句をつけて、うちのメイドを困らせたとか。身分の高い人がすることではありませんよ、お姉様」

嫌味たっぷりに言ってやるとアルカ姫が私をキッと睨んで、そして驚いた。

私は気合の入った装いをしていた。

レースや金糸のはいった豪華なドレス。

首飾りは大粒のダイヤがついた一級品だ。

目の肥えたアルカ姫にそれがわからないわけがなかった。

私の持ち物を見て息をのむアルカ姫。

わざとそれらを見せつけながら私は正面の席に着いた。

「ずいぶんとお金をかけてもらっているのね」

アルカ姫の口からそんな言葉が零れる。

彼女の表情からは嫉妬がにじみ出ていた。

きっと私が身に着けているものや、この城、領地そのものが自分のものなのに、とでも思っているのだろう。

「オーガスト様は妻には惜しみなくお金を使う人ですから」

思ってもいないことを言って挑発する。

あながち間違ってはいないかもしれないけれど。

「そ、そうなのね」

アルカ姫を観察しながら推察する。

もしもポーツ国での縁談がうまくいっていたら、いくらオーガスト様を気に入っていたとしてもここまできたりしないだろう。

そもそも、異母兄がこんな勝手なことをされて黙っていない。

継母の力があるうちは好き勝手できただろうが、今はそうはいかないのだ。

それがわからないのだろうか。

「閣下はいつお戻りになるの？　誰に聞いても貝のように口を閉ざして教えないのよ」

不満げにアルカ姫が言う。

使用人たちもアルカ姫に情報を漏らすようなことはしなかったようだ。

「夫は帝都にいます」

「……帝都だと会えないわ」

苦虫を噛み潰したような顔をしたアルカ姫にやっぱりオーガスト様には会わせたくないと思ってしまう。

「ねえ、お姉様。夜も長いですし、ゲームでもしませんか？」

食事が終わって声をかけるとアルカ姫の顔が歪んだ。

妹だと言ってきたくせに自分が姉と呼ばれるのは嫌らしい。

私だって本当はごめんだ。

「どうして私がお前とそんなこと……」

「どうせならなにか賭けましょうよ。ここは田舎で娯楽がないから久しぶりに楽しみたいです」

わざとフワフワしたしゃべり方をして、さりげなく首飾りを揺らすように体を傾げた。

アルカ姫は大粒のダイヤにくぎ付けだった。

「……賭けね。つまらないものを賭けても刺激はないわ」

「例えば？」

「そうね……お前がつけている、ダイヤのついた首飾り……とか？」

かかった……。私は平静を装って困った顔を見せる。

「いくら刺激的でも、これは……」

「あら、そのくらい真剣にならないと面白くないわよ。そうね、私はお前の母親の形見の髪留めを賭けてあげる」

「そうは言っても……」

「いいじゃない。負けると決まったわけじゃないし、お祝いで持ってきたのだもの、気が向いたら私が勝ってもあげたくなるかもしれないわ」

どこまでも都合のいい言い草に眉間にしわがよりそうだ。

けれど、悟られてはいけない。

私は思い切りバカなふりをして、んーっと軽く首を傾げた。

「そうね、それならいいですね。ではどんなゲームにします？」

「……チェスがいいわ」

アルカ姫がそう言った時、私は心の中でガッツポーズをした。

テーブルにダイヤの首飾りと母の形見の髪飾りが並べられ、私とアルカ姫の前にはチェスのボードが並んだ。

ポーツ国のチェスの大会の淑女部門でアルカ姫は何度も優勝していた。

チェスを嗜む淑女は少なかったので、メンバーはいつも同じだ。

アルカ姫の機嫌を損ねないように、みんなに勝たせてもらっていたことにまだ気がついていないのだろう。

アルカ姫の中での私は大会にエントリーすらさせてもらえない、愚かな厄災姫。

絶対に彼女に勝つことのない練習相手だ。

「ルールはわかっているのかしら」

「大丈夫よ。審判はこちらの使用人とお姉様の騎士に頼んでいいかしら?」

「いいわよ。お前が不正しないように見張ってもらうわ」

そうしてゲームが始まる。

アルカ姫のコマの動かし方は以前となんら変わっていない。

思い付き行き当たりばったりで強引に進めてくる。

コマの動かし方で性格が出るというなら、私もなかなかいい性格をしていると思う。

じわじわと確実にアルカ姫のキングを追い込んでいく。

「あれ……」

どんどんコマを私に奪われ、不利になる状況に焦ってくるアルカ姫。

そしてとうとう観念する時がくると、

「こんなのっ、おかしいわ！」

そう言ってコマを手で薙ぎ払おうとした。

私はそれすら予想済みだったので、チェス盤をアルカ姫から避けた。

「なっ！」

「往生際が悪いですよ……チェックメイトです」

そうして目の前に戻した盤の上のコマを動かした。

「う、嘘よ、こんなの、いかさまだわ！」

しかしこんなあからさまな勝敗では、さすがに騎士もアルカ姫の擁護はできなかった。

私の勝ちは確定だった。

「では、これはいただいていきます」

「うっ……」

正々堂々と母の形見を取り返すと私はその箱を後ろに立っていたエルダに渡した。

彼女は大事そうにそれを胸に抱いていた。

「こんなの、コソ泥と同じだわ！」

自分で言い出してチェスにした手前、ぐうの音も出ないはずなのに、まだそんなことを言うのが信じられない。

怒り狂うアルカ姫を騎士たちがなだめながら部屋に戻っていく。

ギャーギャーうるさいそれを私は呆れた思いで見送った。

私も自室に戻るとエルダが母の形見を胸に抱いて涙を流していた。

「ジーナ様がお亡くなりになって、すぐに王妃様がジーナ様の部屋を一掃されたんです。ミーナ姫様に引き継ぐものですからと抵抗しましたが、聞き入れてはもらえませんでした。高価で価値のあるものはほとんど取られてしまいました」

「エルダ……」

「本当は……生まれたばかりの姫様を連れてルクエル国に逃げようと思いました。あの時、私がうまく立ち回れていたら、姫様は辛い思いをしないで済んだはずなのに……」

「いいのよ、エルダ。私が生きているのはあなたが守ってくれたからよ。お母様もきっとそう思ってる。それに、ポーツ国にいなかったら、オーガスト様にも出会えていないもの」

使用人でしかないエルダが赤子の私を連れ去っていたら、王女をさらった誘拐犯として殺されていただろう。

「ミーナ姫様……」

「今、私は幸せよ。だから、泣かないで。お母様の髪留めは私に似合うかしら」

おどけてそう言うと、エルダは涙を拭きながら私の髪をまとめてそれをつけてくれた。

「お似合いです……ジーナ様も……こうやってつけておられました」

そう言ってまたワンワンと泣いてしまったエルダを私は抱きしめた。

きっとエルダにしかわからない母との思い出があるのだろう。

取り返せてよかったと、エルダの背中を撫でながら思った。

その間メアリーは黙って見守ってくれていて、途中から席をはずしていた。

明日、朝食を食べさせたら、なにか理由をつけてアルカ姫をすぐに追い出そうと強く思った。

「なーおん」

「セカンド、廊下をウロウロしちゃダメよ。猫汁鍋にされてしまうわよ」

私がベッドに入ると当然のようについてきた五匹がそれぞれ自分の寝る場所に収まっていた。

セカンドに怖がらせるお説教をしても、可愛く首をかしげるだけだ。

アルカ姫が城を出て行くまで、この子達は部屋から出さないようにしよう。

そう考えてその日は眠った。


「ミーナ様、大変です」

「どうしたの？」

「アルカ姫様が城にいらっしゃいません」

早朝、慌てた様子で起こしにきたメアリーが報告してくれた。

どうやらアルカ姫は明け方に城を去ったようだ。

「自分で出て行ったの？」

ホッとすると同時になんだか嫌な予感がする。

「たぶん。おかしな張り紙を残していますので」

「どういうこと？」

「広間にお急ぎください」

すぐに着替えて広間に行くと、困惑する調理場の人たちと執事がいた。

みんな朝早くから仕事をする人たちだ。

まだ辺りも暗く、エルダも来ていない時間である。

「城の広間にはこんなものが張ってありました」

執事長は手に持っていた紙を私に広げてみせてくれた。

——ミーナは厄災を起こす諸悪の根源である。今すぐ領地から追い出すべきだ
「ええと。こんな幼稚なことをしているの？」

それを見たメアリーも腹を立てている。

「ほんと、恩をあだで返す人ですね！　野犬に食われようと昨日のうちに城から追い出せばよかったです」

「……頭が痛いわ」

確認すると張り紙は十数枚、城のあちこちに張られていた。

ご苦労様、としか言いようがない。

「まあでも、こんなことしておいて城には戻らないでしょうから、出て行ったのでしょうね」

メアリーが言う通りに出て行ったのならそれでいいような気もした。

これ以上関わってもろくなことはない。

「領内で見つけたらつまみ出すように通達しておきます。もちろん城には二度と入れません」

執事長もすぐに動いてくれた。まさかこんなに早く張り紙が見つかってしまうとはアルカ姫も思っていないかもしれない。

「今晩にはオーガスト様がお戻りになるから。いなくなったのならよかったわ」

とにかく母の形見が手元に戻ってきてよかったと思うしかない。

きっと昨日のゲームは思っていたよりアルカ姫にとって屈辱的だったのだろう。

そうして、その晩、待ちに待ったオーガスト様が帰ってきたのだった。

「ミーナ！」

私を呼ぶオーガスト様に駆け寄るとそのままギュッと彼を抱きしめた。

嬉しさのあまり抱きついたが、持ち上げられて自然に頬にキスまでされると、みんなに見られていたのがわかって恥ずかしかった。

「留守の間ずいぶん頑張ってくれたな。母がストレンジ領でできた香水をあちこちに売り込んでいたから来シーズンはもっと忙しくなるだろう」

「お役に立てましたか？」

「領地が潤ったのだから、役に立つどころじゃない。フェスタでその功績を称えて、私から勲章をやろうかな」

「勲章はいりません、ダムの建設の方に少しでもお金を使ってください」

「ああ、それもロジルの爺様がミーナの香水の販売権をくれるなら全面的に貸し付けてくれるそうだ。フェスタが終われば着手する」

「わあ！　素晴らしいですね！　私お祖父様にお礼状を書きます」

「全て、ミーナのおかげだ。あの時のミーナの願い事が叶ったようだな」

「正直、たくさん願いすぎて後悔していました」

「欲張っても他人のことを思いやった願い事だったから叶ったのだろう」

そう言うオーガスト様の願い事を思い出すと吹き出してしまった。

「こら、なにを思い出して笑っているんだ。困った奥さんだ」

「ふふふ、だって……」

オーガスト様とケラケラと笑い合う。とても、幸せだ。

そうして簡単に明日のフェスタの打ち合わせを始めた。

オーガスト様には開会式のスピーチをお願いしたい。

「スピーチか。ミーナがすればいいのに」

「いけません。これは領主であるオーガスト様の大切なお仕事ですからね」

「うーん、では一緒に考えてくれ」

「ええと……」

「なんだ？　嫌なのか？」

「そうではなくて、実は一通り考えてあります」

私がスピーチの原稿を渡すとオーガスト様が吹き出した。

「ははは、用意してあるならすぐにくれればいいのに」

「ご自分で考えたいかも知れないと思って。けれど一晩で考えるのも大変ですし」

「ありがとう。助かるよ。ミーナは私の秘書のようだな」

「では、スケジュールの確認をいたします」

おどけてそんなことを言うとまたオーガスト様が笑った。

「他に不都合はなかったか？　香水作りにフェスタの用意は大変だっただろう」

「実は……」

そこで私はアルカ姫が昨日城に泊まった経緯を説明した。

「はあ。きっと結婚話から逃げてきたのだろう。なんでも現ポーツ王が隣国の王弟の縁談はもう仕度金を受け取っていたので断れないと言っていたからな。ミーナの元婚約者だろう？」

「アルカ姫が代わりに嫁ぐことになったのですね」

確かに逃げたくなるだろう。自分でも最低な相手だとさんざん私に言っていたから。

まさか私に用意していた最低な婚約者に自分が嫁ぐことになるとは思わなかっただろう。

「まったく同情する気にならない。私がいたらすぐに追い返せたのに、嫌な思いをしたな」

「嫌な思いはしましたが、思わぬ収穫がありました」

そう言って私は母の形見をオーガスト様に見せた。

「ミーナの花か」

「はい。形見です。母のお気に入りで、子に引き継ぎたいと言っていたそうです」

「繊細で美しい髪留めだな。きっとミーナのところへ戻りたかったのだろう」

私のところへ……そうなのだろうか。

手のひらにのせた髪留めを眺めてくすぐったい気持ちになった。

オーガスト様はいつも気づかせてくれる。

「愛しています、オーガスト様」

「どうした？」

「伝えないと、いけない気がして」

「伝え合うのは、大切だな」

オーガスト様の大きな手が私の頭を撫でた。

大好きな、大好きなオーガスト様……。

「寂しかった……です」

「そうか」

髪留めを箱に戻してサイドテーブルに置くと、オーガスト様がゆっくりと私を引き寄せた。

「愛している、ミーナ。君が欲しくてたまらない」

そうしてどちらということもなく唇が重なる。

久しぶりの触れ合いに体が火照る。

どうしようもなくオーガスト様が好きでたまらないのは私だ。

ピチャ、と唾液が絡まるような深いキス。

厚い舌が私の口内をくすぐって、すぐに私はとろけさせられる。

「ベッドに、行こう」

「……その前に」

「ああ」

笑いながら私たちはきょとんとしている猫たちを隣の部屋に押し込んだ。

手早く済ませてオーガスト様の首に手を巻き付けると、簡単に体が持ち上げられる。

丁寧にベッドに下ろされるとすぐに彼が覆いかぶさってきた。

「君の元に帰りたくて仕方なかった」

「んっ……」

唇が首筋を滑ると鎖骨を吸われる。

敏感になっている体はビクビクと跳ねてしまう。

「少し、余裕がない。痛かったら言ってくれ」

「ふあああんっ」

下穿きに入ってきた手が秘所に触れるとヒダをかき分ける。

「期待したか」

意地悪な質問にこくりと頷く。

そこはもうオーガスト様を求めて蜜がこぼれている。

クチャリと音を立ててすぐに指が差し入れられる。

「くうっ……恥ずかしいです」

「私も同じだ。恥ずかしいことはない」

言われた意味を理解するのはすぐだった。太ももに彼の硬くなった高ぶりが当たっている。

「ん、んんっ……ああ」

増やされた指に中を広げられる。

入り口の真珠をいじられると差し込まれたオーガスト様の指をキュウ、と締め付けてしまう。

「ミーナの熱いここに入りたい……いいか？」

「……き、来て、ください。入って……」

懇願すると下穿きを取り去られた。

足を大きく割られて期待が膨らむ。

「いくぞ……」

当てられた熱い高ぶりが、ズ、と私の中を広げながら侵入してくる。

息を吐きながらそれを受け入れる。

数か月ぶりの行為はなかなかすんなりとはいかない。

「ミーナ……力を抜いてくれ」

「はっ……はい」

オーガスト様の汗がポタリ、と落ちてくる。見上げるととてもセクシーな彼がいる。

「少し、気を散らすか」

奥に進めながらオーガスト様の手は私の胸に伸びる。

ナイトドレスがまくり上げられると簡単に露出した胸を指の腹でクニクニと刺激する。

オーガスト様は立ち上がった乳首を軽く指で挟むとキュウ、とそのまま上に引っ張った。

「はああああうんっ」

突然の刺激に体が弓なりに反ると、その隙にグッと中に進められる。

すっぽりとそれが私の中に埋まると、ご褒美をくれるようにオーガスト様の唇が降りてきた。

「ふ、ふう。ああん」

ハフハフとキスに応えながら息を吸い込む。

その吐息すら分けてもらいたいのだから自分でもどうしようもない。

ゆっくりと彼が腰を動かすと中が引きずられるようだ。

「辛いか?」

私の表情を見て動きを止める。

続けてくれと懇願しても彼はそうしないだろう。

「愛していると……愛していると言ってください……」

私の訴えにオーガスト様が少し驚いた顔をした。そしてじっと見つめてくる。

「ミーナ……愛している」

その言葉に歓喜して体が熱くなる。じわりと蜜が湧いてくるのが自分でもわかった。

「可愛い……私のミーナ」

「んっ……」

クリ、クリクリと入り口の真珠をいじられて、快感にわけがわからなくなる。

「愛していると言うと……感じるのか？」

耳元で囁かれるとどうしようもなくその事実に赤面する。

観念してこくりと頷くとオーガスト様はもう一度「愛している」と言ってくれた。

「ううんっ」

なにも考えられなくなる。

ただ、大好きで、全てがもうどうしようもない。

私の状況を見ながらオーガスト様が一度埋めた高ぶりをゆっくりと抜いていく。

心もとなくなる私は必死で彼の首に巻きつく。

「どうした？　……痛いか？」

「ぬ、抜かないで……。ひとつがいいです」

私が懇願すると抜くのを止めて、グン、と奥までまた収めてくれた。

「ああ、もう……可愛いことを言うな……ミーナ」

「はあああっ……」

「どうしてほしい？」

「動いて……たくさん……刻みつけてほし……」

「もう、黙って……これ以上聞いたら優しくできない」

口を口で塞がれて奥をぐりぐりと刺激される。

「はあ、はあ……ふあああああんっ」

「愛している、ミーナ……愛している」

その声に体の奥が熱くなる。

だんだんと大胆に奥を突かれると体を揺さぶられ、動きについていくのがやっとだ。

そのうち慣れてきた体が快感を拾い始める。

「ああっ……あああん」

きっと私の様子が変わったことに気づいたのだろう、動きが激しくなる。

もっと、もっと夢中にさせたい。

「あ、愛していますっ……はあああっ」

やっとのことで伝えると低い唸り声が聞こえた。

「出すぞ……っ」

「ひやあああんっ、ああっ」

最奥をガツガツ突かれて、幸せが最高潮になるとオーガスト様が中で白濁を放った。

「少し、このままでいよう」

はふはふと快感をやり過ごしているとオーガスト様がそんな提案をしてくれる。

繋がったままでいてくれるなんて嬉しい。

大好き……大好きなオーガスト様。

私が彼の胸に頬を寄せると優しく頭を撫でてくれた。

「明日、楽しみだな」

「はい」

そんなことを言いながら、私たちは幸せな気分で夜を過ごした。

「ナウー」

朝、隣の部屋のドアを開けると不満そうにファーストが出てくる。

「ごめんなさいね。でも、プライベートだから……」

フードの用意をするとぞろぞろとみんなが出てくる。

食べ終わる頃には猫たちの機嫌もよくなっていた。

そうして昨晩オーガスト様が城に戻ってきて、愛し合って満たされていたせいか、私はアルカ姫のことをすっかり忘れていた。

てっきり領地からは出て行ったと思っていたのだ。

朝の準備を終えて、オーガスト様とフェスタの会場に向かうと、広場の雰囲気は最悪だった。

「どうした?」

オーガスト様がそう聞くとフェスタの実行委員の一人がおずおずと紙を見せた。

——領主の妻ミーナは厄災を起こす諸悪の根源である。今すぐ領地から追い出すべきだ。

——厄災の印がすべてを証明する！　ミーナを追放しろ！

「こんな張り紙があちこちにあったのです。もちろん、見つけ次第はがしました」

手には十数枚の紙。まだこんなことを……。

「アルカ姫の仕業か」

「……たぶん、そうでしょうね」

「実は私のところにも何通か『私を選び直してくれ』と手紙がきていた。余程隣国に嫁ぐのが嫌なんだろう。馬鹿らしいので無視していたが……。とにかく領地にいたら叩き出そう。トラブルを起こすようなら捕まえて野犬に食わせてやればいい」

メアリーも言っていたが、野犬に食べさせるのはここらの常識なのだろうか。

「一体どこに潜伏していたんでしょうね。城に泊めた時にはシーツの素材にまで文句をつけていたのに」

怒りに震えながらメアリーが紙をびりびりと破った。

「ミーナ様！」

「ミーナ様！」

そこへ子供たちが駆け込んできた。どうやら城近くの大きな家には同じような文面の手紙が投函されていたらしい。

「こうなるとやけっぱちなのでしょうね」

呆れて言うエルダに同意する。

自分だけ不幸になるのがきっと心底嫌なのだ。

なんとか私を不幸にしようと必死なのがわかる。

こんなことをするなら、田舎の両親のところへでも行けばよかったのに。

「とにかく、手紙は開封せずにフェスタの本部に持ってくるよう伝達しましょう」

「それがいいな。これについては私が釈明しよう」

メアリーが眉間にしわを寄せ、オーガスト様もため息をついていた。

こんなことで準備していたフェスタにケチがついてはいけない。

けれど、アルカ姫の悪意が気持ち悪かった。

どうしてここまで私に執着するのだろう。違った生き方がたくさんあるだろうに。

私たちは気を取り直してフェスタを始める準備に取り掛かった。

もうアルカ姫に押さえつけられる人生はとっくの昔に終わっているのだ。

パンパンと花火の音の合図でフェスタが始まる。

音楽隊が軽快な音を披露しながらフェスタを盛り上げてくれた。

キョロキョロと周りを警戒したが、アルカ姫の姿はなかった。

オーガスト様の部下の人たちも警護に当たってくれていた。

あれだけのことをして満足して出て行ったのかもしれない。

「ミーナ、大丈夫だ。気にすることはない。せっかく準備したフェスタだ、楽しもう」

オーガスト様の言葉にもっともだと思い直す。

こうやって気分を害されて楽しめなかったら、それこそアルカ姫の思うつぼなのだから。

開会式のスピーチでオーガスト様がミーナの花の香水事業のおかげでダムが建設できると話すと会場じゅうに拍手が起こった。

中には「ミーナ様、万歳！」と讃えてくれる領民もたくさんいて、恥ずかしかったが、嬉しかった。

フェスタはつつがなく進み、みんなの楽しそうな笑い声があちこちで聞こえてきた。

改めて気持ちとは大切なものだと思い知らされる。

明るい笑い声に明るい気持ちが集まる。

人はみんな様々なものを抱えているが、それをいつまでも引きずって心を閉ざすか、自らそれを乗り越えるかで先の人生が変わってくるのかもしれない。

隣で笑っているオーガスト様を見て胸が熱くなる。

様々な困難を乗り越え将軍になり、そして私に勇気を分けてくれる。

とても尊敬できる人だ。

自然とオーガスト様の手をきゅっと掴むと、絡めた形に握り返される。

それがなんとも嬉しくてたまらない。

「ミーナは裾ではなく手を掴めるようになったのだな」

見上げると笑いを我慢したような、なんともいえない顔のオーガスト様と目が合った。

そう言われればそうかもしれない。

「笑わないでください。次はこうやって……初めから繋ぎますから」

照れ隠しにそのままブンブンと手を振ると、結局オーガスト様が吹き出して笑っていた。

「あれ……」

前方に見えた屋台のバリエーションにオーガスト様が驚いている。

それもそうだ、私と初めて遊んだボールを投げるゲームがあるのだから。

そして、その隣にはこれまた一緒に食べた串焼き……買ってもらった飴……。

「これはどういうことだろうな。まるで私たちの初デートの思い出のようじゃないか」

気づかれてしまって、そうだと赤面するしかない。

「だって……あの時しかお祭りは経験したことがありません」

「ふふ、大いに楽しめそうだな。実にいいフェスタだ」

オーガスト様に喜んでもらえたのなら大成功だ。

やはり彼は屋台のゲームに誘ってきて私の分までお金を払った。

私は始終笑いながら入らないボールを投げた。

そうしてフェスタを楽しみ、メーンイベントのパイの大食いが行われる時間になった。

「本当に参加するのですか？」

「エントリーも済ませているんだ、これでも楽しみにしていたんだぞ」

オーガスト様が張り切って変装してイベントに参加する。

いつかのような仮面をかぶると偽名を使って参加者と並んでいた。

誰でも参加できるようにしたので、子ども部門、女性部門、　男性部門と分けて六人ずつを組にして、食べるパイの枚数を競うのだ。

会場は大盛り上がりで、みんなこのイベントにくぎ付けだった。

「さあ、準備が整いました！　一斉にスタートです！」

まずは子供たちがパイに齧りついて頬を膨らませていた。

子供のパイは半分の大きさにしていたが、一枚食べきるのがやっとの子が多く、やたら水ばかり飲んで進まない子もいた。

それでもみんな美味しくパイを食べているようで楽しい。

「これは……子供が食べている風景を見ているだけだな」

誰かが気づいてそんなことを言うと、みんながお腹を抱えて笑った。

そんな子ども部門は和やかなムードで終ったが、続く大人は気合が入っていた。

女性部門が始まり、まずは一組目の女性たちが入場するとバチバチと互いにライバル心をむきだした態度で煽る。

一人が私がナンバーワンだと指でパフォーマンスすると他の女性も負けてはいない。

実はこれは出場者の提案で盛り上げるためにやっていたのだが、その演技が上手すぎて見ているこちらは震えあがってしまいそうだ。

スタートの合図でパイがみるみる口の中に収められていき、家族が野次を飛ばして激励した。

「かあちゃん、いいぞー」

「負けんなよー」

「日頃の貫禄みせてみやがれ」

恰幅のいい女性が多数参加する中、意外にも一番細身の女性が枚数を食べ、みんながワァワァと騒いだ。

見ている方も気持ちいい食べっぷりに会場が沸く。

そうして盛り上がる中、いよいよ男性部門が始まった。

オーガスト様は正体不明の一人として参加したが、目元をマスクで隠している参加者など他にはいない。

その大きな体と溢れる気品で領主様だとザワザワ。

「エントリーナンバー十八番は謎の仮面紳士だあーっ」

事情を知っている司会者がやけっぱちで紹介するのに、オーガスト様が腕をあげて応える。

「あーっ、領主様だ」

と最前列の子供にやすやすと見破られている。

「私は、仮面紳士だ！」

完全にバレている雰囲気だったが、オーガスト様は強引に押し通していた。

もう私はおかしくてたまらなかった。

「それでは最後の組の開始です。みなさん、悔いのないよう頑張ってください！　スタート！」

司会者の合図で参加者は口いっぱいにパイを詰め込み始める。

「とーちゃん！　がんばれーっ」

「食べつくしちまいな！」

「仮面紳士、頑張って！」

みんなの声援に交じって私も負けじと声援を送る。

オーガスト様もかなり健闘したが、領地一番の大食いはパン屋の主人だった。

「優勝者はパン屋のレグナム！　なんと二十枚！」

わあああああっ。

パン屋の主人が両手を上げてガッツポーズをして、みんながピューピューとそれを囃し立てた。

全ての戦いが終わり、簡単に舞台が片付けられるとそのまま授賞式に移ることになっていた。

テントの裏で授賞式が始まるのを待っているとオーガスト様が口を尖らせてやってきた。

「ミーナからメダルを受け取りたかったのに」

オーガスト様が食べたのは六枚……ちょっと入賞するには無理があった。

でもそんなことを言う可愛い夫に特別な賞をあげたいと思う。

「では、特別にミーナ賞を与えます」

キョロキョロと人目がないことを確認してから、ちゅっ、と簡単にキスをするとオーガスト様がキョトンとした。

私からキスをするのは初めてなのかもしれない。

「今のは、私にだけの賞だろうな」

「もちろんですよ」

頬を膨らますオーガスト様に笑ってしまうと、もう少し深いキスをしてきた。

「ん……はあ……」

いけない、授賞式が始まる、と体を離すと二人の唇の間に銀糸が引いていていてなんとも淫靡な気分になる。

「夜にもう一度ミーナ賞を与えてくれるか？」

「……もうっ」

そこで私を探す声が聞こえて慌ててテントの中に顔を出した。

「では、私も着替えてくる」

変装を解くためにオーガスト様が席を外した。

仮面を取るだけでもいい気もしたが、一応最後までやり通すのだろう。

「では各三位までで、食べた枚数がここに書かれています。名前がこれです。賞品は……」

実行委員から説明を受けて私は受賞者に渡すメダルを手に取った。

テントから舞台の方に移動するとワクワクしてこちらを見る群衆が待っていた。

「それでは、第一回大食いパイ競争の入賞者の発表です！　まずは子供の部です」

そこで司会者の声に従って、三位までの子供が舞台に上がるはずだった。

ところが……。

「待ちなさい！　私が真実を告げにきたわ！」

「え？」

突然、舞台に上がってきたのはアルカ姫と騎士たちだった。

「みなさんは騙されているのよっ、この女がストレンジ領に初めて足を踏み入れた日、なにが起こったのか思い出してください。大嵐が起きたのではなくて？」

もともと注目を集めていた舞台の上の出来事に会場は静まり返った。

アルカ姫の声をみんなは息をのんで聞いていた。

私がストレンジ領に入った日、大嵐だったのは紛れもない事実だ。

そうしてアルカ姫は話を続けた。

「ミーナは体に悪魔に掴まれた痕をもつ厄災姫だったのです。ポーツ国にいた時からあらゆる厄災を招き、とうとう今では元国王を追放に追いやりました。これが、証拠よ！」

なにが起きているかわからなくて、私は動けなかった。

大きな男二人に体を押さえつけられて、右側を群衆の方に向けられた。

「今から私が、悪魔の印をお見せしますわ！」

びりびりと音がしたかと思ったら、右袖がナイフで切り取られてしまう。

「姑息にも隠しているのね！」

そうして用意していたのか私が隠していた痣を手拭いを使ってアルカ姫がきれいに露出させてしまった。

きゃあ……と群衆の方から漏れる声が聞こえた。

「こうやって普段から隠しているのが後ろめたい証拠なのです！　この女は厄災なのです！」

私の痣を見て、会場がざわめきだした。

隠していたのは本当で、ここに来てからは服の下だとわかっていても毎日痣が見えないようにしていた。

これは不誠実と言うのだろうか。

右肩にある痣を黙って生活をしていたことは、悪だというのだろうか。

みんなの判断が怖くて、私はただ震えていることしかできなかった。

吐き気がする。

どうやって釈明するのが正しいのかぐるぐると考えていると、急に押さえつけられていた体が軽くなった。

ドカッ！

私を押さえていた二人の騎士が舞台の下に放り投げ出されたと思えば、そこには着替えてきたオーガスト様の姿があった。

「どうやら、お前たちは死にたいらしいな。私の領地で大切な妻にこんな侮辱を与えるなど、首を刎ねられても恨めないだろう」

「ひ、ひいいいいっ」

戸惑いなく一気に剣を抜いたオーガスト様が剣先をアルカ姫に向けた。

普段の迫力にさらに輪をかけて恐ろしいオーラを放っていた。

腰を抜かしてしまったらしいアルカ姫が舞台上でブルブルと震えていた。

「私の領地だ。ここでなにがあろうと誰も助けにはこない。私が戦場で死神だと言われる意味を知りたいのか？」

オーガスト様が放つ怒気に誰も声すら上げられなかった。

こんなことをしたアルカ姫を私も許すつもりはない。

けれど、今日はフェスタなのだ。

領民の心を楽しませて、明日への活力にしてもらいたいと開催したのだ。

だから、血を流すことはしてはいけない。

私はヨロりと立つとオーガスト様の腕をつかんだ。

興奮しているのか、ギロリと睨まれて足がすくむ。

けれども、私は心優しいこの人を知っている。

「オーガスト様、フェスタで血を流してはいけません。今日は領民のためのお祭りなのです」

私が訴えるとようやくオーガスト様が怒りを抑えて剣を下ろしてくれた。

「ミーナ……」

群衆を見ると最前列に子供たちがいる。

怒るオーガスト様を見て彼らはブルブルと震えていた。

「……こいつらを縛って牢にいれろ」

オーガスト様は部下にそう指示して、アルカ姫たちは腰を抜かしたまま縄で縛られていた。

もう私に視線を向けることもできないほど憔悴しきっている。

静かになった会場で、気まずい空気が残った。

オーガスト様がそこでいきなりジャケットを脱いで自分の左腕のシャツを肩まで捲った。

「な、なにを⁉」

驚く私の隣に並ぶと彼はにっこり笑って私の右肩を群衆の方へ向けた。

彼は私を抱きしめながら肩の痣の隣に自分の左の上腕を並べて見せた。

おお、あれは……、と声が上がっていた。

「みなには黙っていたが、私の腕の痣とミーナの右肩の痣を合わせると領地の守り神である水竜の翼の形になる。ミーナの功績は皆が周知していることであり、私たちは運命によって結ばれた夫婦である」

オーガストが断言するとあちこちから声が上がった。

「そうだ、ミーナ様の銀髪はそもそも水の神様に愛されている証だ」

「過去一番の雨の日に領地にいらしたが、あの日は一人の被害者も出なかった。これはミーナ様がきてくれたからに違いない」

「ミーナ様はストレンジ領の守り神だ」

「そうだ、そうだ！」

たくさんの声が上がるとオーガスト様が私をまっすぐ領民に向き合うように立たせた。

「ミーナ、これが君がここにきてやってきたことの全てだ。一生懸命領民のために働いてくれたからこそ、みなが慕う。それを誇りに思っていい」

ぽろぽろと涙が零れた。

領民がアルカ姫の言ったことに耳を貸さなかったことにも感動したが、それよりもなによりも、オー

ガスト様の行動に驚いた。

「どうして、こんなことを。あなたの腕に、そんな痣などなかったはずです」

小声で抗議するとオーガスト様が笑う。

「言ったらミーナに止められると思ったんだ」

さらっとそんなことを言ったオーガスト様は私に脱いだジャケットをかけてくれた。

授賞式は時間を遅らせて、着替えてからにしてもらった。

さすがに右の袖のない状態ではいられない。

それからはなんのトラブルもなく、楽しいフェスタを終えることができた。

私たちが運命的に出会ったとみんなに噂されることになったのはご愛嬌である。

「首を刎ねて捨てるか」

オーガスト様は本気でアルカ姫を山に捨てるつもりだったけれど、私はポーツ国に戻して嫁がせることを提案した。

その方が彼女にとってはかなりのダメージになる。

自分がしたことが自分に戻ってくることをちゃんと学んだ方がいいと思ったのだ。

泣き叫ぶアルカ姫は罪人の乗る檻付の馬車に乗せられていった。

もう私は一切の同情心も湧かなかった。

私を貶めようと選んだ最悪の嫁ぎ先に行って苦しむのは自業自得でしかない。

「ミーナは優しいのだな」

私の決定にオーガスト様は不満げだったが、性格が悪いのだと思う。

「優しくなんてありません。苦しんでほしいと思うのが本音ですから」

それを聞いてオーガスト様が私の頭を撫でる。

心地よさを感じながら、私は問い詰めないといけないことを口にした。

「あの時は深く追及できませんでしたが、どういうことですか？」

「なんの話だ？」

私が尋ねるとオーガスト様はとぼけていた。

その姿に言い逃れはさせないと彼のシャツに手をかけた。

「おいおい、積極的なんだな。脱がせてもいいが、責任は取ってもらうぞ」

「そんな言葉で私がひるむとでも？」

プツン、プツンとボタンを外す私をオーガスト様が楽しそうに眺める。

ボタンを外し終えた私がシャツを脱がしにかかると、オーガスト様が私にキスを仕掛けてきた。

「ん、んうっ」

「勇ましいミーナも魅力的で好きだ」

「へあ？　んーっ、あ、ちょっ」

彼の手が私の背中を滑り、背中のボタンを外しにかかる。

「私を欲情させた責任はとらないとな……いや、これはミーナ賞の褒賞か」

「私は真剣に……、これは、どうしたのですか？」

脱がされながらも私は彼の腕を掴んで問い詰める。彼は笑いながらそれに答えた。

「帝都で腕に彫ってもらったんだ。自然な痣に見えるようにな。こうしてしまったら、誰も君の肩の痣が厄災の印だなんて言わないだろう？　私たちは一つなのだから」

「そんな……帝都から戻ってから……気がつきませんでした」

「君に痣を隠す技があるのに、私にないわけもないだろう」

「まさか、お義母様に？」

「いいアイディアだと言って帝都一の彫師を探してくれたさ」

「あなたの体を傷つけることなのに」

「ミーナ……こんなことは大したことではない。君は堂々としていればいい」

「だって……」

「ほら、見てごらん」

上半身を脱がされてしまった私は鏡の方に向かされた。

彼は舞台でしたように私の右肩に腕を合わせた。

あの時は自分で見られなかった右肩の痣がオーガスト様の腕の彫り物と一つの柄になっていた。

「これって……」

「よくできているだろう。私もこんなにうまくいくとは思っていなかった。合わせて彫ったわけでもないのにな。本当はフェスタが終わって落ち着いてからミーナだけに見せるつもりだったが、少し早いお披露目になってしまった」

私の肩の痣だけでは悪魔が掴んだ手形のように見える模様が、オーガスト様の右腕の柄と重なると水竜の翼にしか見えない。

「素直に喜んでくれないか？　そうしないと私が浮かばれない」

「……もう勝手なことをしてはいけませんよ」

「ああ、わかった。愛している、ミーナ」

「はい。私も愛しています」

「したくなったか？」

「……ばか」

私は初めてオーガスト様に暴言を吐いた。

「可愛いんだが、もう一度言ってくれ」

「なにを言い出すんです。嫌です」

「ミーナはなにをしても可愛い」

「もう！」

そうして追い詰められた私はまたオーガスト様とキスをする。

簡単にベッドに運ばれて、残った衣服を互いに脱がせ合った。

「上は脱がせてくれたのに、下はそのままか？」

私はすっかり裸にされているのに、そんなことを言う。

私はおずおずと彼のスラックスに手をかけてボタンを外した。

その間の彼の視線に、体が火照ってしまう。

足からスラックスを抜くと下着の下からオーガスト様の高ぶりが、布を押し上げているのが見えた。

「ミーナ、私の下着はまだ残っているぞ」

泣きそうになりながらドキドキして下着に手をかける。

はっきりと形が出ているそれを傷つけないようにそうっと下にずらした。

グン、と飛び出てくる肉棒に目のやり場に困る。

すごく……オーガスト様が興奮している。

こんなに大きなものが私の中に、入っているのか。

ごくりと喉が鳴る。たしか、前にこうすれば喜んでくれた。

そうっと手で掴むと上下に動かしてみる。

視線に気づいてハッとするとオーガスト様が私のすることを色っぽい顔で眺めていた。

——その顔は反則です。

「もう少し強く握ってくれていい。くうっ」

動かしているとぬるぬると体液が出てきて指を濡らす。

「苦い……」

思わず舌を出してそれをすくうとオーガスト様の焦った声が聞こえた。

「ミーナッ、そこはっ」

ぺろりと舌を這わすとびくびくと彼の高ぶりが反応する。いつも私が翻弄されてばかりなので、彼の慌てる様子に少し嬉しくなった。

ちゅ、ちゅ、と先端にキスしながらオーガスト様を見ると彼はのぼせたように私を眺めていた。

「気持ち、いいですか？」

そのまま続けようとすると焦ったようにオーガスト様に止められた。

「き、気持ちいいが、待て、これ以上はもたない」

その言葉を聞いて顔を上げるとオーガスト様の指が私の唇を撫でた。

「それは刺激が強すぎるから、またにしてくれ。今はミーナの中で果てたい」

そうして頭を優しく撫でられると嬉しくなった。

私はふらふらと彼の体の上に乗りあがって、自分の秘所に彼の肉棒を当てた。

それはとても熱くて硬かった。

もうすっかり私の体は受け入れたくてヒクヒクと収縮している。

たらたらと溢れ出ている蜜を纏わせてから彼を受け入れる。

くぽ……。

日を置かずことに及んだからか、思ったよりもすんなりと入ってきた。

「はっ……うううんっ」

それでも大きいことに変わりがない。

ミチミチと私の体を広げながら入ってくる高ぶりを収めると達成感が私を幸せにした。

「オーガスト様、入りました」

「はあ……今日のミーナは小悪魔だな。そのまま自分で動いてみるか？」

「もうすでに奥に当たっていて……意識が飛びそうです」

いつもと違ってこの体勢だと自分の体重で深く繋がるようだ。

最奥を押し上げられて、少しでも動いたら、達してしまう気がする。

「手を貸してくれ」

オーガスト様が指を絡めて手を繋いでくれる。

この繋ぎ方はさらに胸をドキドキさせてしまう。

「しっかり、捕まっていろ」

オーガスト様はそう言うと下からガツガツと突き上げてきた。

いつもより、激しい……。

「っはあああんっ、あああんっ」

「気持ち、いいか？」

「きもち、いいいっ、あああっきもちいいいっ」

「愛しているぞ」

「はああああっあああああんっ」

今、『愛している』って言うなんてずるい。

その言葉できゅうう、っと私はオーガスト様を離すまいと締め付けた。

「ぐううっ」

そしてオーガスト様の唸り声が聞こえて、奥に子種をたくさん出してもらった。

同時に果てたことに幸せも広がる。

しかし行為後に「眺めが最高だった」と言われて……。

もう一度「ばか」と暴言を吐いてしまった。

エピローグ

「かあさま、にじ、にじ！」

三歳の幼子の手を引いてミーナの花の畑を歩く。

昨日から降っていた雨が止んで、空には大きな虹がかかっていた。

それを見に行こうと子どもたちにせがまれて、私とオーガスト様は城に作られた花畑に向かった。

長男はオーガスト様に肩車されて、長女は私と手を繋いでいた。

あの初めてのフェスタを無事に終えて、数か月後に私の妊娠が発覚した。

私が産んだ子供は一人目が銀髪の男の子で、二人目は黒髪の女の子だった。

どこにも痣がないかと慌てて確認したのはいい思い出である。

もちろん、オーガスト様はそんなこと露ほども気にしていなかったけれど。

「とうさま、あの虹は帝都にも繋がっているのですか？」

ませた口調の長男は七歳になってもオーガスト様に肩車してもらうのが大好きだ。

ここに来て九年が経ち、ようやくダムが完成した。

毎年ハラハラしていた水害も大きな被害は出ず、今年からはもっと安心できるだろう。

ミーナの花の香水も未だ人気を博しており、今は帝都以外の外国にまでお客様の幅を広げていた。

おかげでロジル商会にしていた借金も去年完済することができた。

「次はいつお戻りになるのですか?」

「特に遠征もないから、二か月後には戻れるだろう」

オーガスト様は相変わらず帝都とストレンジ領を往復していた。

最近は「将軍を辞めてストレンジの城で暮らしたい」が口癖になっている。

帝都にいる義父母とロジルの祖父母は商売を通して連絡し合っている上に、手紙でもやり取りをしていた。

頻繁には会えないが、子どもたちをとても可愛がってくれて相変わらずパワフルで元気いっぱいである。

そして……私の父はなんの因果か追放先で流行り病にかかって亡くなったそうだ。

残った継母は追放時の約束でポーツ国には戻れないのでアルカ姫を頼ったそうだが、そちらは酒漬けで大暴れする夫であるために、逆に離縁したいと泣きつかれているらしい。

一連のことを報告に受けたけれど、なんの感情も起きなかった。


「次に帰る頃にはミーナの誕生日だ。なにが欲しい?」

オーガスト様が私に聞いてくれるが、満たされていてなにも頭に浮かばない。

「俺、ケーキはチョコレートがいい!」

するとすかさずオーガスト様の上からそんなリクエストが飛び出る。

兄のマークは誰に似たのか甘いものが好きだ。

「あたちはねえ、ねこのケーキにして！　可愛いの」

妹のジュリアも負けじと主張する。

毎年ケーキは城の料理人が腕によりをかけて作ってくれるのだが、その形も凝っていて、年々食べるのが惜しいほどの作品になっていた。

「おいおい、母様の誕生日ケーキなのだぞ」

「うーん、そうねぇ、じゃあ、チョコレートでできたファーストの顔のケーキにしてもらうわ」

私がそう言うと子どもたちが「わーっ」と歓声を上げた。

きっと季節的にララッカをふんだんに使った大きなケーキになるに違いない。

ファーストも出会ってから九年経つと十六歳の立派なおじいちゃんである。

最近は部屋から出ることもなく、窓辺のお気に入りの場所で寝ている。

五匹だった猫も今は十二匹に膨れ上がっていた。

フィフスのお腹が大きくなって、大騒動になったり、サードに外に恋人ができたりと、その頃から子猫が生まれて一気に数が増えたのだ。

ララッカの畑で悪さをしていたネズミを猫が退治するようになって、領民の間でも猫を飼う人が増えた。

そのことで必然と猫たちの出会いも増えたのかもしれない。

今でも元居た五匹は私に餌を強請るが、他の子たちは直接食堂にもらいに行く子もいる。

食いしん坊のサードは気を付けていないと、どちらでもご飯をもらっていて、今では恰幅が良すぎる猫になってしまった。

体が重いので時々窓際に上がりたいときはマークのところへ行って、上げてくれと「なぁーお」とお願いしている。

猫が増えてもオーガスト様は気にすることはなかったが、夫婦で仲良くするときに猫を隣の部屋に移すのが難しくなった時はちょっと苦笑していた。

「帝都では最近日傘が流行っていたぞ」

「……ええと、それはお義母様が先日送ってくださっていて」

「もう、持っているのか」

「メアリーもそろえてくれていたので」

オーガスト様がプレゼントの提案をしてくれたが、すでに日傘は私の手元に二本ある。

しかもどちらも帝都一の職人の予約待ちでしか手に入らない品である。

「うーん……みんながミーナに贈り物をしてしまうから、私がプレゼントするものがないな」

「私は、オーガスト様が誕生日に一緒に祝ってくださるのが一番嬉しいですから」

そう言うと照れたのかオーガスト様の顔が赤くなる。

「……それは当然のことだろう」

オーガスト様と出会ってから、誕生日が楽しみになった。

ずっと母の命日だと思って祝えなかった私の誕生日を、祝ってもらえる日に変えてくれたのはオーガスト様だ。

初めてお祭りを二人で楽しんだことは未だに鮮明に覚えている。

あの時もらった猫のぬいぐるみは今も寝室に置いてある。

オーガスト様にあげたミサンガも切れてしまったので、ぬいぐるみの手に巻いてあった。

ミサンガに付けたピアスの片方も、猫のぬいぐるみに片方つけて揃えている。

あの時、自然にオーガスト様に渡すミサンガに付けてしまったが、お返しとはいえ、母の形見をやすやすと付けてしまったのは、もう一度会いたいと無意識に願っていたからなのかもしれない。

そんな大切な思い出のぬいぐるみだが、時々、ファーストがぬいぐるみの尻尾を枕にしている。

我が物顔で顎を乗せている姿はなんだか可愛い。

あれから毎年、オーガスト様はあの手この手で私の誕生日を祝ってくれた。

悲しかった私の誕生日が今は毎年幸せの一日に溢れている。

オーガスト様と子供たちと。猫たちと。

増える私の大切な家族。

こんなに幸せでいいのだろうかと思ってしまう。

「かあさま、だっこ」

手を引いて甘えてくるジュリアに私が困っていると、オーガスト様がやさしく諭してくれた。

「ジュリア、母様のお腹には赤ちゃんがいるのだから抱っこは我慢しなさい」

「がまん……」

「お姉ちゃんになるんだぞ」

「ジュリアがおねえちゃん……」

二人の会話を聞いて慌てて肩車をしてもらっていたマークが下りた。

「ジュリア、父様に抱っこしてもらえ」

兄として譲っただろうマークにジュリアはすげなく答えた。

「……とうさまはごちゅごちゅしてるからやなの」

ジュリアは両腕を組んで頬を膨らませるとプイと横をむいた。

「ゴツゴツ……嫌って……」

マークを下ろしてジュリアを抱き上げようとしていたオーガスト様は、そんな彼女の態度にショックで固まっていた。

気まずい空気を感じ取ったのだろう、マークがジュリアに声をかけた。

「ジュリア、走るぞ」

「にいさま？」

「虹が消える前に、『僕たちの赤ちゃんが無事に生まれますように』って願い事をするんだ」

「う、うん！」

そのままマークはジュリアの手を取ってミーナの花畑を駆けていった。

私はオーガスト様の空いた手を取ってすぐに指を絡めて握った。

そんな些細なことでオーガスト様の機嫌がよくなって可愛い。

「まったく、ジュリアには敵わん」

「ふふ」

笑うと優しく抱き寄せられる。

オーガスト様の大きな手は私に幸せをたくさん分け与えてくれる。

「ありがとう、ミーナ。私は幸せだ」

にっこりと笑う世界一素敵な私の旦那様。

コワモテなオーガスト様の笑顔はとても破壊力がある。

「私も、幸せです」

言葉を返すとオーガスト様がキョロキョロと辺りを窺った。

そうして先に走っていった子供たちの背中を確認するとチュッと軽く私にキスをしてくれた。

「次は男の子かな」

「お腹が尖ると男の子だと言いますが、どうでしょうね」

「今度こそ、出産に間に合うように城にいるからな」

「頼りにしています」

オーガスト様がいたわりながら私のお腹に手を置いた。

三人目の子の予定日は三か月ほど先になる。

彼は私の誕生日を祝ってから三人目が生まれるまでは絶対にストレンジ領を出ないと今から各所で宣言している。

けれど、長男の時はトラブルが起きて帝都にいなくてはならなくて、長女の時は少しお産が早くなって出産時に間に合わなかった。

次はどうなるかな、と思いながら、それでも、私が大変な時に側にいてくれようとしてくれるオーガスト様が愛おしい。

いつだって、彼は私のことを想ってくれているのだ。

——今でも私の右肩には大きな痣がある。

悪魔の手形だと、厄災を招くと言われてきたものだ。

けれどそれはオーガスト様の腕の一部と合わせて、今では領地の守り神の形であると言い伝えられている。

人に見せるようなものではないけれど、それが幸せの象徴としてあることはストレンジ領で知らない人はいないのである。

あとがき

初めましての方も、いつも読んでいただけている方も、この本を手に取っていただけて嬉しいです。いつもどんな話が飛び出てくるか楽しみながら執筆しています。

今回はコワモテで大きな体の将軍と、妖精のような小柄なお姫様の恋物語にしております。

体格差カップルにギャップ萌えで楽しんでもらえたらなって思います。

継母と異母姉にいじめられて小さくなって生きていたミーナ姫が、オーガストの手によって幸せになる様子は書いていてとても楽しかったです。私のお気に入りはミーナといちゃいちゃするために猫たちを隣の部屋に移そうと奮闘するオーガストのシーンです。普段は威厳のある男の人が愛妻のために猫たちに翻弄されている姿はとても可愛いですよね。

私の裏設定ではオーガストはとても苦労人なのですが、そこはさらっと書かせていただいています。きっとそれを知っているのは腹心のライナーと愛猫のファーストくらいでしょうね。

彼は自分のことはあまり語りません。そういうことは表に出さずにミーナを幸せに導いてくれる人として登場しています。

そんなオーガストを愛して、ミーナが成長していく姿が上手く伝わればいいなと思います。

ちなみに猫たちはファースト（オス）がボス的存在です。この子はオーガストが初めて飼った猫です。セカンド（オス）はへそ天して寝るのんびり屋さん。残りの三匹は兄妹でサード（オス）は食いしん坊、フォース（オス）はやんちゃ、フィフス（メス）は甘えん坊です。

猫たちに癒されながらオーガストとミーナは立派な愛猫家として生活しております（笑）

読了ハッピーな気分になってもらえますように！

いつも様々な愛情を詰め込んだお話にしたいと日々努力しております。

また他の物語でもお会い出来たら光栄です。

最後に書籍化にあたり、関係者皆様に心より感謝いたします。

さらに素敵なイラストはなま先生に描いていただけました。コワモテのオーガストの溢れる大人の色気を表現してくださっています。かっこいい……。対するミーナも本当にかわいい！　是非家宝にさせていただきます。

そして、いつも応援していただいてありがとうございます。

読者様、大好きです。

竹輪

ガブリエラブックスをお買い上げいただきありがとうございます。
竹輪先生・なま先生へのファンレターはこちらへお送りください。

〒110-0016　東京都台東区台東4-27-5（株）メディアソフト
ガブリエラブックス編集部気付　竹輪先生／なま先生　宛

MGB-107

虐げられた姫は戦利品として娶られたはずが、帝国のコワモテ皇弟将軍に溺愛され新妻になりました

2024年2月15日　第1刷発行

著　者　竹輪（ちくわ）

装　画　なま

発行人　日向晶

発　行　株式会社メディアソフト
〒110-0016
東京都台東区台東4-27-5
TEL：03-5688-7559　FAX：03-5688-3512
https://www.media-soft.biz/

発　売　株式会社三交社
〒110-0015
東京都台東区東上野1-7-15
ヒューリック東上野一丁目ビル３階
TEL：03-5826-4424　FAX：03-5826-4425
https://www.sanko-sha.com/

印　刷　中央精版印刷株式会社

フォーマットデザイン　小石川ふに（deconeco）

装　丁　吉野知栄（CoCo. Design）

ISBN 978-4-8155-4333-4